EL RAPTO DE LANZAROTE

JAVIER FERNÁNDEZ ESTELLER

EL RAPTO DE LANZAROTE

TE LLAMARÉ LANZAROTE

Mientras Claudas esperaba en el valle, su senescal, a su lado, guardaba el escudo de su señor, un escudo partido de negro y rojo. Guardaba también las armas negras del rey de la Tierra Desolada. El rey Ban, en un albo caballo, bajaba la empinada cuesta que separaba el castillo de la planicie. Las tres bandas blancas sobre campo de sinople brillaban a la luz del sol. Y brillaba también su armadura. Le acompañaba su senescal.

"Mucho tiempo llevamos, sir Aleume, con esta batalla".

"Desde el día dos de agosto, mi señor. El día que nació vuestro hijo Galahad. Fue cuando os recibió la dama de mi señora gritando '¡señor!, ¡señor! Tenemos un hijo. La reina ha parido un niño". Fuisteis a la habitación de la reina y la vísteis esplendorosa con el niño en los brazos. Al día siguiente, por la mañana llegó Claudas con los refuerzos de Roma, mandados por Poncio Antonio. Llegaron también con los refuerzos del rey de Gaula. Hace una semana justa, pues fue cuando todos los enemigos os atacaron a la vez y nos costó Dios y ayuda salvaros. Hace dos días, el doce de agosto, fue cuando Poncio Antonio vino del bosque con los suyos y atacó por sorpresa. Muchos de los nuestros murieron. Y ayer mismo fue cuando os enfrentásteis a Poncio Antonio y lo matásteis de un lanzazo en el corazón. Ya hacía dos o tres días que el castillo estaba a punto de ser invadido".

"Veo, senescal, que tenéis anotado en vuestra cabeza todo lo que ha ocurrido estos últimos días, fecha por fecha".

"Majestad, siempre espero con impaciencia el día de la Asunción de la Virgen, Nuestra Señora, que se celebra mañana".

Distraídos por estas conversaciones llegaron al lado del rey Claudas y su senescal.

"Rey Claudas", dijo el rey Ban, "poco después de que Arturo llegara al trono reanudásteis la guerra contra mi, una guerra que habíais interrumpido durante años. Y después de que recobrásteis la Tierra Desolada. Y ahora queréis hacerme rendir el castillo. Pues sabed que, por las buenas, no lo entregaré".

"Es sólo una cuestión de tiempo que lo perdáis. Estáis aislado. No os llegan los refuerzos. Acabarán faltándoos los alimentos y las municiones".

"Decís eso porque no habéis sido capaz de rendirnos".

"Matásteis a mi amigo Poncio Antonio sin ningun motivo".

"Entonces estamos en paz, pues vos tampoco tenéis motivos para arrebatarme las tierras. ¿Qué os he hecho yo?".

"Vos, en realidad, nada".

"¿Entonces, qué?".

"No es por odio", dijo Claudas, "No es por nada que me hayáis hecho. Es porque sois vasallo del gran rey Arturo, señor de la Gran Bretaña, hijo del rey Úter, quien asoló mi tierra. Personalmente me da igual que vos sigáis siendo señor de vuestro castillo. Y, si os entregáis a mi, podéis seguir en él".

"Nunca jamás haré yo tal cosa. Nunca he de ser yo perjuro a mi señor, el rey Arturo".

"Entonces decidle que venga a socorreros de aquí a cuarenta días. Después de ese plazo os haréis vasallo mío. Y sabed que yo os otorgaré tierras para vuestro gobierno".

"Mañana os daré mi respuesta".

Y diciendo esto cogió las riendas y puso camino hacia el castillo, comenzando a subir la cuesta. El rey Claudas agarró por el brazo al senescal del rey Ban.

"Sir Aleume, por favor, como le dije al rey Ban, es cuestión de tiempo que el castillo caiga en mis manos. Con la cantidad de hombres que tengo antes de tres semanas el castillo será mío. Si vos estáis de su parte, cuando el castillo caiga, habré de mataros, pues me he jurado que no habrá vivo. O algo también triste: encarcelaros. Pensad si queréis que éste sea vuestro fin".

"¿Y qué habría de hacer para no ser encarcelado o muerto?".

"Entregar el castillo".

"¿A cambio de qué?".

"Si entregáis el castillo vos seréis hecho señor de Trebes en vez del rey Ban".

"Uhm,,,".

"Y yo añadiría las tierras que a él le prometí. Sería un gran condado. Sólo tendríais que jurarme vasallaje".

"Uhm...", repitió Aleume, "creo que os ayudaré. Seguro que os ayudaré. No os preocupéis por nada, pues yo me encargaré de todo. Y tened las tropas listas para invadir el castillo en cualquier momento".

"He de volver con mis hombres", dijo Claudas. "Y ahora quedad con Dios".

Y partieron en direcciones opuestas. Claudas hacia su campamento. Aleume hacia el castillo. Por su parte el rey Ban se dirigió entonces a la reina Elaine, quien estaba en su cámara.

"Señora, necesito vuestra ayuda. Necesito vuestro consejo. El rey Claudas de la Tierra Desierta pretende que me entregue, que entregue el castillo con todos mis hombres y asegura que si me hago vasallo suyo respetará mi fortaleza y me dejará seguir como señor de Trebes. Mas, señora, no me fío de él, pues es un gran traidor y sería capaz de matarme, incluso por la espalda. Además le debo respeto a mi señor Arturo, de quien soy vasallo. Me ha dado cuarenta días para conseguir su ayuda. ¿Vos, qué creéis?".

"En mi opinión no debéis entregaros. Mandad un mensajero a Arturo".

"Señora, sería mejor que fuéramos personalmente. ¿Vos vendríais conmigo?".

"Iré con vos".

"Entonces prepararos para salir del castillo mañana por la mañana. El tiempo apremia. Id bien provista, pues será una dura caminata. Coged a Galahad con vos, pues no podemos dejarlo aquí. Con un escudero y un hombre de a pie nos llegará".

Y diciendo esto le dio un beso a la reina.

"Voy a buscar a mi escudero, que prepare los caballos y demás pertenencias".

Era la noche del catorce al quince de agosto. El rey hablaba con su escudero.

"Pierre, amigo, tened preparado para mañana cinco monturas: dos palafrenes (uno para la reina y otro para mi), dos caballos (uno para vos y otro de refresco) y una acémila para llevar la comida, la plata, oro y joyas y también una cierta cantidad de armas con que defendernos. No sea ocurra algún imprevisto. Llevadlos a las cuadras que hay en la parte trasera del castillo, porque tendremos que salir por la puerta del pantano y avisad a Jean para que esté listo por la mañana. Llevará la montura de refresco y la lanza".

"Así se hará, mi señor".

"Ah, por cierto, avisad a la reina. Deseo hablar con ella".

El escudero salió de la habitación, se cruzó con la reina por el camino y le dio el recado del rey. Casi imediatamente la reina alcanzó el lugar donde estaba el rey.

"Señora", dijo éste, "mañana hemos de levantarnos temprano, antes del amanecer, pues hemos de ir nosotros mismos al rey Arturo para recabar su presencia. Es la mejor forma de que crea lo que está ocurriendo. Os ruego os vistáis con discreción, pues tendremos que atravesar pasadizos y pantanos".

Ausentóse un momento el rey para ir a buscar a su senescal y decirle que iba en busca del rey Arturo para implorarle ayuda. Luego volvió el rey a su esposa, la tomó de su mano y se dirigieron a su habitación en silencio, un silencio preocupado, fuerte como el abismo. Se tendieron en el lecho y durmieron un rato. Despertaron antes de la madrugada. El rey salió de su aposento y encontró a su escudero. Éste sacó los caballos de las cuadras y los ensilló. Llegaron el rey y la reina. Llamaron a un criado para que los acompañara y ya todos juntos dejaron el castillo por una pequeña puerta la lado de la colina. Atravesaron el puente de madera sobre el río y se internaron en el pantano por un sendero estrecho en el que sólo cabía una persona montada. Iban en fila india. Primero la reina. Inmediatamente después una mula portando una cuna en la que iba el niño Galahad. El escudero, Pierre, con el escudo del rey Ban, montando un palafrén. Le seguía un caballo que llevaba oro, plata, dinero y joyas en sus alforjas y, en último lugar, un sirviente de a pie, que llevaba, cogido por las riendas, un caballo de refresco para el rey.

Cuando entraron en el pantano era noche cerrada. Sólo la luz de la vela, que la reina llevaba en la mano, los iluminaba. Caminaron a través del pantano sobre unas dos leguas. Al dejarlo atrás el cielo empezó a aclararse a jirones, de forma que permitía adivinar las siluetas, aunque con dificultad. Pero aún era de noche y muy oscuro. Podía, sin embargo, adivinar que viajaban por un bosque. Una media legua después la reina tropezó y se mojó con agua.

"Éste debe ser un lago o un río", dijo.

"¿Está a la izquierda?", preguntó el rey.

"Sí", contestó ella.

"Debe ser el lago de Diana. Frecuentemente hemos estado aquí, si estamos donde yo creo. Y entonces enfrente de nosotros debe haber una colina desde la que se ve el castillo. Y, si éste es el lago de Diana, el que hemos pasado debe ser el bosque del Valle". Y añadió el rey: "Esperaremos a que se aclare un poco".

Nada más la comitiva real hubo pasado el estrecho puente y se hubo internado en el pantano Aleume se llegó al patio, cogió su caballo, negro como la noche, abrió la puerta levadiza y, dejándola abierta, salió galopando en su caballo hasta que llegó a la ciudad de Trebes y la superó, alcanzando al ejército de Claudas. Se allegó a su persona y, desmontando del caballo, dijo:

"Majestad, todo está listo. Hace media hora escasa que el rey Ban salió camino de Camelot en busca de ayuda de Arturo".

"Ha sido muy silencioso".

"Sï, majestad. De hecho sólo salió con su mujer, la reina Elaine, un escudero y un hombre de a pie".

"No perdamos tiempo, soldados", dijo Claudas, "montad a caballo y en marcha".

Y montando en columna de a cinco emprendieron camino hacia el castillo. Cuando llegaron aún era de noche.

"Majestad", dijo el senescal, "sería conveniente que me adelantase para que nadie sospeche nada".

Y así lo hizo. Mientras tanto, en el castillo, un caballero paseaba por las almenas y se lamentaba:

"Ay, señor, qué mala noche. No he podido dormir ni media hora. Pero ¿quién es aquél que se acerca a galope?".

Como estaba cansado fue poco a poco caminando, de tal manera que, más que acercarse al senescal, dejó que éste se acercara a él.

"Sir Aleume, ¿qué hacéis fuera del castillo a estas horas de la noche?", dijo cuando éste había llegado hasta las almenas.

"Vengo de pactar una tregua con el rey Claudas, sir Banin".

"¿A estas horas?".

"Hemos estado parlamentando toda la noche".

Banin lanzó una mirda sospechosa a Aleume y se quedó en las almenas. No había pasado mucho rato cuando Claudas se acercó por el valle. Tras él su ejército. Y se dijo Banin:

"Esperemos que Aleume no haya abierto las puertas, que las haya cerrado después de entrar".

Pero no se preocupó de comprobarlo. Y siguió viendo como se aproximaba la columna de soldados enemigos. De repente vio como los de Claudas llegaban a las puertas del castillo y seguían, en vez de volver sobre sus pasos. Y se dijo:

"Ay, Dios mío, que este traidor de senescal ha dejado las puertas abiertas y nos están invadiendo".

Y, aún cansado, salió corriendo hacia el patio, gritando: "¡Alerta! ¡Alerta!. Y, desenvainando la espada logró herir desde las escaleras a varios caballeros montados, pues no esperaban esta sorpresa y llegándose a la puerta levantó el puente, cortando la afluencia de soldados al castillo. Pero ya habían entrado muchos invasores.

"Dios mío", se dijo. "Se están desparramando por todo el castillo. Si no los paro, pronto habrán pasado a cuchillo a todos los nuestros".

Empezaba a amanecer. El cielo comenzaba a mostrar jirones negros y blancos de nubes, pero, aunque había una cierta claridad, el día no era claro y el sol aún no había asomado ni siquiera un poquito por el horizonte. En el momento en que Banin cerró las puertas pudo ver al senescal jurando vasallaje a Claudas. Nada más acabar la ceremonia se acercó a él y, abofeteándole con el guante y tirándole de barba, le dijo:

"Te desafío a que luches conmigo hasta la muerte".

"Eres el único que queda y sigues luchando", contestó Aleume

"Aún quedan media docena más. Además os he desafiado. ¿No os váis a defender?".

"Por supuesto que me defenderé. Luchemos aquí mismo".

Y desenvainando cada uno su espada se acometieron con la violencia de dos toros y ante todos los caballeros lucharon con toda la fuerza de sus brazos y pararon golpes y se hirieron una vez tras otra hasta que en uno de esos ataques Banin asestó un golpe a Aleume con la espada plana, cortándole la cabeza. Claudas, entonces, dijo:

"¿Queréis ser señor del castillo de Trebes y vasallo mío?".

"No, señor".

Y saliendo por la puerta abandonó el castillo bajo la atenta mi-

rada del señor de la Tierra Desierta. Al ver salir a Banin, de los soldados de Claudas que se habían quedado fuera uno dijo:
"Este bandido va a buscar refuerzos. No permitiremos que esto ocurra. No entregaremos el castillo".

Y, diciendo esto, los soldados de Claudas lanzaron una lluvia de flechas encendidas contra el caballero de Ban, con tal mala suerte que se levantó un viento que empujó las flechas hacia el castillo, donde muchas de ellas cayeron en vigas de madera, en paja y en otros lugares con materiales inflamables y prendieron tan rapidamente que pronto el incendio se generalizó. Las tropas de Claudas y el mismo rey tuvieron que salir a toda prisa de la fortaleza y ya fuera, a una distancia razonable, de unos veinte metros, Claudas elevó sus brazos al cielo y, cayendo sobre sus rodillas, exclamó: "¡Oh, no! ¡Ahora que habíamos conseguido ganar el castillo!".
El sol empezaba a elevarse por el horizonte. Aunque los colores aún no habían cobrado toda su intensidad el día ya era claro. En estos momentos, en el valle junto al lago de Diana, dijo el rey Ban: "subiré a la colina para contemplar mi castillo". Y montó el rey Ban en su caballo, albo como la mañana, un caballo árabe de fina estampa, con riendas y espuelas de oro y verde. E iba el rey Ban vestido con camisa de seda. A la luz de la mañana ascendió por el estrecho sendero hasta la cima de la colina. Ya arriba se volvió y dirigió su vista hacia el castillo. Un fuerte resplandor impactó sus ojos. Miró fijamente hacia la fortaleza que había dejado para ir a buscar a Arturo. Se percató de que estaba ardiendo, que las llamas envolvían el castillo, que habían prendido en él y lo devastaban por completo, devorando sus torres, sus puertas, el patio, las almenas.
"¡Santo Dios!", **se** dijo. "¿Qué le ha pasado a mi castillo? ¿Se habrá incendiado por accidente? ¿Tal vez mi senescal me ha traicionado? De nada sirve ya ir al rey Arturo y pedirle que me ayude a recuperar mis tierras. ¿Qué será de mi mujer? ¿Qué de mi hijo Galahad? Caerán en el poder de alguien más fuerte, tal vez Claudas, y yo, si sobrevivo, viviré en la pobreza, subyugado a un cruel señor. Yo, que he sido rico y poderoso ¿acabaré en prisión? ¿En la

prisión de un cruel señor, enemigo de mi rey Arturo? Dios mío, no me dejes. No permitas que ello ocurra. Y mi mujer, tan joven, tan amable, tan noble, descendiente directa del rey David, morirá subyugada. No permitas que vea tamaño crimen, Dios mío".

Llegado a este punto su corazón se había acelerado tanto y su dolor era tan grande que cayó de su caballo al suelo, se golpeó la cabeza por la parte de la nariz, que le empezó a sangrar. Retiróse hacia un lado con la violencia de un hombre que no quiere tener más heridas y fue a dar con su cabeza primero y sus orejas después en una piedra que, debido al golpe, también sangraron. Se golpeó en el hueso que hay tras la oreja, cayendo desmayado. El caballo, viéndolo herido, lo empujó con el morro, alentándolo, dándole calor con el aliento para despertarlo, pues el relente de la mañana tendía a enfriarlo. Al tanto despertó. Su cuerpo se hallaba medio frío, a pesar de los intentos de su fiel amigo. Y hablando en voz alta, todo lo alta que se podía para su frágil estado, dijo:

"Me despido de ti, mi fiel amigo, pues Dios ha querido que abandone este mundo para regresar a su seno. Y a ti, Dios Padre, gracias por dejarme morir en la pobreza, por enseñarme lo que tú sufriste en la vida, por llevarme ahora, antes de que pudiera cometer algun pecado demasiado grave. Señor, sé que soy un pecador y te pido clemencia. No dejes que mi alma se pierda, sino recíbeme en tu seno. Ten piedad de mi mujer, Elaine, quien desciende del noble David, rey de Israel, y no te olvides de mi hijo Galahad, huérfano a los pocos días de nacer y..."

Y sin acabar la frase entregó su alma. Su caballo trató de reanimarlo una y otra vez, pero no pudiendo recobrarlo e intuyendo un desastre emprendió el camino del castillo, bajando por el sendero hacia el valle. La reina, el escudero y el hombre de a pie se encontraban, mientras tanto, en el valle.

"Majestad", decía Pierre, "debemos subir a la colina. Presiento que algo le ha ocurrido al rey Ban. Tarda mucho".

"Esperemos un poco", dijo la reina. "A veces mi marido se retrasa".

De pronto el caballo llegó al valle.

"Majestad, esto no es normal", añadió Pierre, "subamos".

"Subamos", contestó ella.

Impelida por el dolor la reina puso al niño en el suelo sin pensarlo y la comitiva subió hacia la colina. Se hallaban a mitad de camino cuando una mujer, alta y espigada, con el pelo hasta la cintura, pelo que le caía sobre los pechos, salió del lago y cogió el niño en brazos. Lo puso al lado de su pecho y lo acunó. Luego le dio un beso en la mejilla, haciéndole unas cuantas carantoñas y dijo: "Te llamaré Lanzarote". Y se qudó con el niño en brazos, contemplándole. La comitiva llegó a la cima. Vieron al rey caído. Observaron las llamas en el horizonte y se dieron cuenta de lo que había pasado.

"Majestad, el rey ha muerto. Ha muerto de dolor al ver su castillo arder".

"Bien decís, Pierre".

"Majestad, sería bien que lo enterrásemos aquí, pues será inútil volver".

Los dos hombres cavaron un hoyo como pudieron y enterraron al rey Ban en lo más alto de la colina y añádieron una losa que decía:

"AQUÍ YACE EL REY BAN"

Súbitamente, la reina se echó las manos a la cabeza, diciendo:

"¡Dios mío, Dios mío! Que sin querer lo deje en el suelo. Dios quiera que los caballos no lo hayan pisoteado.

Y, desgarrándose sus ropas, salió corriendo hacia el valle. Los dos hombres partieron tras ella, rápido, mas no tanto como la reina. Ésta llegó y vio al niño en brazos de una desconocida. Asustada, la reina se quedó inmóvil, momento que la mujer aprovechó para salir huyendo y sumergirse con el niño en el lago.

ELAINE Y EVAINE

Desde enfrente de la reina y a su mano derecha venían tres monjas con hábitos blancos, montadas sobre dos palafrenes, también blancos y tras ellas un capellán con hábito marrón, dos escuderos sobre caballos marrones. El capellán montaba un asno. Y los acompañaba un lego, que iba sobre una mula. La monja que los presidía parecía tener más edad que las otras dos. Y todo el cortejo venía en forma de V. De repente una de las dos monjas le dijo a la que iba delante:

"Madre abadesa, mirad, una mujer desmayada junto a la orila del lago".

"Esperaremos a que se recupere", dijo la abadesa, "y le prestaremos nuestra ayuda". Y, mirándola, añadió: "Por los cielos que parece una mujer de gran dignidad".

La reina abrió los ojos y vio una monja que sujetaba su cabeza. La abadesa ayudó a la reina a ponerse en pie. Y dijo la reina:

"Madre, ayudadme a sentarme en esta piedra. Tiene un respaldo natural y me vendrá bien, pues estoy muy débil".

La abadesa ayudó a la reina a sentarse y, entonces, la reina Elaine se quejó:

"Ay, Dios mío, soy la mujer más desgraciada del mundo, pues he perdido en un día a mi marido y a mi hijo. Una mujer se ha llevado a mi niño al fondo del Lago. Me han secuestrado a mi niño, que sólo tenía unos días de vida y no he podido rescatarlo. Si el escudero me hubiese dejado...".

Y, en diciendo esto, le daba de puñetazos al escudero, que se había acercado a la reina mientras ésta hablaba.

"Por Dios, señora, que me parecéis conocida. Decidme quién sois y veremos de arreglar vuestro problema".

"¿Qué importa ahora mi nombre ni mi condición? ¿Qué importan ahora mis cargos y dignidades? Lo que importa, madre, es que estoy muriendo de angustia".

El capellán, que estaba montado sobre un asno, hizo a éste avanzar unos pasos y, flexionando su tronco, acercó su boca al oído de la abadesa, diciendo:

"Por Dios, madre, que creo que es la reina".

"Señora, ¿sois la reina?". Mi capellán dice que sois la reina, la reina de este país de Benwick".

"Ay, sí, señora, reina soy. La reina del Gran Sufrimiento. ¿De Benwick? Ya no, pues el castillo de Trebes, el último que le quedaba al rey, mi marido, ardió esta mañana. Mi marido, el rey Ban, el generoso rey Ban, ha muerto. Mi hijo ha sido secuestrado. Madre abadesa, reina soy, sin reino ni rey ni príncipe heredero".

"Entonces, señora, ¿reconocéis ser la reina de Benwick?".

"Sí, sí. Lo reconozco. Soy la reina de Benwick, pero, por favor, hacedme monja".

"Si eso es lo que deseáis, sea, pero, no obstante, debéis saber que conlleva grandes dificultades de cuerpo, mente y espíritu, pues la monjas han de enfrentarse a sacrificios diarios, todas las tentaciones que el diablo nos pone".

"Madre, por favor, tomad el dinero y las alhajas que tengo en las alforjas y construíd aquí mismo un convento en que se pueda venerar la memoria de mi marido, el rey. Solamente dejadme pagar al escudero y al joven que llevaba el caballo y tomad el resto. Que mis damas y yo nos meteremos monjas".

"Señora, tomad vuestra posesiones y venid con vuestras damas a nuestro convento, pero continuad siendo reina. Los votos son difíciles de llevar".

"Madre, ya no tengo reino ni rey ni príncipe. No tengo interés en el mundo. Si no me hacéis monja me iré a los bosques y vagaré entre las fieras salvajes, maltrecha y abandonada hasta que se pierda mi cuerpo y mi mente".

"En tal situación no tengo más remedio que haceros monja. Nosotras, majestad, estaremos complacidas, pero sabed que os seguiremos considerando la reina de Benwick".

Y la reina Elaine pagó a los servidores que habían servido fielmente a su marido y a ella. Las damas quisieron acompañarla al convento. Y allí todas fueron rapadas. Y fue una pena, porque el cabello de las damas era muy hermoso y especialmente el de la reina. Los servidores de la reina la acompañaron. Nada más decidirse que la reina profesaría ésta dijo al escudero:

"Pierre, debéis hacerme un favor. Coged vuestro caballo e id a la corte del rey Bors y de mi hermana Evaine y transmitidle la noticia de que mi marido, el rey Ban, ha muerto".

"Señora, me gustaría veros profesar".

"Bien, como eso será esta tarde, a primera hora, partiréis inmediatamente después".

Y así fue. Aquella tarde, después de que la reina tomara los hábitos, Pierre partía a todo galope hacia la corte del rey Bors. Llegó al día siguiente al anochecer. Tocó el cuerno a las puertas del castillo de Ganis. Le abrieron. Pidió hablar con el rey. Después de desmontar recorrió los pasillos hasta la cámara real, donde el rey Bors se encontraba postrado en el lecho. Se inclinó ante él. La reina estaba presente.

"Majestad", dijo, "lamento encontraros en este estado. Y tanto como ello lamento las malas nuevas que os he de dar".

La reina se acercó a su marido y le cogió de la mano.

"Decid", dijo el rey.

"Majestad", prosiguió Pierre, "el rey Ban, vuestro hermano, ha muerto y la reina Elaine ha profesado como monja en un lugar muy cercano al lago de Diana".

Se hizo un silencio profundo, un silencio tenso. El rey bajó la cabeza resignado. La reina miró al enviado con cara compungida. El mensajero, después de hacer una reverencia, se retiró. Al día siguiente partió hacia su destino y se dirigió a un monasterio de monjes, donde tomó los hábitos. A los pocos días los monjes fueron a la reina, cogieron el cuerpo del rey, que ya hedía, lo metieron en un ataúd y lo transportaron al valle cerca del Lago, al lugar donde la reina y las mojas se habían encontrado. Y allí lo enterraron.

No habían pasado dos días de la visita de Pierre al castillo, cuando éste tomaba los hábitos y Bors moría en su castillo sin que nadie supiese como. Al día siguiente de la muerte de Bors apareció frente al castillo el rey Claudas de la Tierra Desierta. El reino se hallaba confuso, los soldados debilitados y, a pesar de que lucharon como leones, Claudas tomó todo el reino. Un soldado se acercó a la reina y le dijo:

"Majestad, conviene que huyáis con vuestros hijos cuanto antes. Idos todos al castillo de Montlair. Es el único sitio seguro del reino, el único que Claudas no ha podido tomar".

Dicho y hecho. La reina Evaine se vistió de campesina y lo mismo hizo con sus dos hijos, que tenían veintiún meses el mayor, Lionel, y nueve meses el menor, Bors. Tiznó sus caras y sus cuerpos y en un descuido de Claudas salieron por una puerta lateral e, internándose en el bosque, burlaron la vigilancia de Claudas y los suyos. Cuando ya llevaban un rato en el bosque:

"Descansemos un poco", dijo la reina a sus hijos, "antes de dirigir-nos al monasterio de la reina de Benwick".

De improviso apareció por la izquierda de la reina y sus hijos, que se encontraban apoyados sobre un árbol, un caballero montado en un caballo blanco. Y traía el caballero una mula tras de sí. El caballo iba adornado con paramentos de plata. Y llevaba el caballero una armmdura color plata y un escudo francés, acabado en punta por abajo y sóllo por abajo. Y en el escudo iban inscritos un muro de piedra y sobre el muro una estrella. El caballero paró su caballo y la reina y sus hijos intentaron retroceder, pero el árbol estaba tras ellos. Intentaron levantarse, pero el cansancio les pudo. El caballero subió la visera:

"Soy Phariance. Majestad, si queréis subiros a la mula con vuestros hijos, os sacaré de aquí", dijo,

Entonces la reina, uniendo las cunas de sus hijos por un par de cuerdas, colgó las dos cunas de la mula, de manera que cada una quedaba por cada lado de la mula y, subiéndose sobre ésta, y guida la mula por Phariance, salieron todos del bosque.

ALWENA

Partiendo Phariance y la reina Evaine del bosque, él a caballo, ella sobre la mula, caminaron hasta que llegaron al lago de Diana. Y dijo la reina Evaine:

"Señor caballero, esto ya lo conozco, pues es el lago de Diana, así, pues, os dejo que sigáis hacia vuestro castillo y yo pongo camino al monasterio para encontrar a mi hermana, la reina de Benwick.

Por favor, cuidad a mis hijos durante una temporada mientras yo visito a mi hermana, que yo pasaré a recuperarlos en un tiempo".

"No os preocupéis, majestad, que así lo haré".

Y ambos partieron por caminos diferentes. El primero que alcanzó su destino fue el caballero Phariance, quien llegó a su casa al caer la noche. Bajó las cunas del caballo y, echándoselas a los hombros, puso rumbo a la habitación de su esposa. Mientras tanto la doncella se acercaba a la habitación de Alwena. Tocó tres veces y entró. La luz penetraba por la ventana iluminando a la pareja. Ella se encontraba en la cama acompañada por Claudas, que se hallaba junto a ella.

"Señora", dijo la muchacha, "vuestro marido se acerca por el horizonte".

"Rápido, Claudas, cariño. Vístete, que debes irte".

Los amantes se vistieron con prontitud y el rey, ataviado ya con sus galas, desapareció por una puerta lateral del castillo. Poco después llegó Phariance y besó a su mujer.

"Mira, mujer, que dos niños te he traído. ¿Sabes quienes son estos dos niños?".

"No. No lo sé. Creerás que soy adivina".

"Pues estos dos niños son los príncipes Lionel y Bors, los hijos del difunto rey Bors y la reina Evaine".

"Pero, si el rey Bors ha muerto", uno de estos ya es rey".

"Así es. Y, como estaban en peligro, porque Claudas los persigue, la reina Evaine los ha encomendado a mi cuidado. Mientras, ella se ha ido al convento con su hermana".

"¿Y cómo ha ido?".

"Ha insistido en irse a pie. Decía que el monasterio estaba al lado y no me ha dejado llevarla en la mula.

La dama puso al menor de los niños en una cuna y al otro en una pequeña cama y los cuatro se echaron a dormir. Al día siguiente Phariance salió. Por un azar tuvo que apartarse unos metros antes de partir definitivamente y, al reiniciar su viaje, tuvo que pasar por delante de su cámara, la cámara que compartía con su esposa. Entonces pudo oir gemidos provenientes de un hombre y una mujer. Cuando aquella noche volvió a casa todo estaba en orden y no había rastro de que nada hubiese pasado. Su mujer lo besó tiernamente y le dijo que lo deseaba.

El día después Phariance salió muy de mañana. Alwena, su mujer, se arregló y se acicaló. Vestía una túnica azul. Mientras su marido se alejaba Alwena observaba desde las almenas. Cuando vio que desaparecía de su vista volvió al castillo y esperó pacientemente. Claudas, que estaba apartado a un lado del castillo, vio pasar a Phariance, llegar hasta el bosque y desaparecer. Enfiló, entonces, hacia la parte principal del castillo y entró. Justo en ese momento Phariance dio la vuelta y vio a un caballero con las armas de Claudas dirigirse al castillo. Lo dejó entrar y entonces apuró su caballo al trote y se acercó nuevamente al castillo, pero, en vez de dejar su caballo en las cuadras, ató su corcel a una rama de árbol a unos metros, de manera que no podía ser visto desde la fortaleza. Se acercó al muro, palpó en las piedras de la pared. Un pasadizo se abrió ante él. Entró, cerró y, cogiendo por el pasadizo, caminó hasta un lugar muy dentro del castillo. Separó una madera y acercó los ojos al muro. Alwena estaba allí, desnuda frente a él. Sus cabellos cortos y rojos llegaban al altura de la barbilla. Su piel era lisa y rosada.

"¡Qué hermosa es mi mujer".

Entonces vio acercarse a Claudas y abrazar a Alwena. E hicieron lo que se hace entre hombre y mujer. Cuando acabó se echaron el uno al lado del otro. Tras los muros Phariance se dijo:

"Seré prudente y tramaré un plan. Si puede arreglarse sin violencia mejor que mejor".

Y mientras Phariance se alejaba por el corredor que se extendía entre los muros Claudas y Alwena se arreglaban y quedaban para el día siguiente, creyendo que el marido de ella no sabía nada. Y el rey de La Tierra Desierta salió por la ventana y se alejó. Aquella tarde Phariance se acercó al castillo del rey Claudas, pues estaba bastante cerca del suyo, a un cuarto de hora a caballo. Llegó al castillo. Penetró en la fortaleza y se dirigió a la sala del trono, donde sabía se encontraba el rey Claudas, que se hallaba solo solo.

"Majestad", dijo Phariance.

Claudas levantó la cabeza.

·Necesito hablar con vos".

"Decid".

"He descubierto...que mi mujer...me traiciona...con un caballero...de vuestra corte, ¿Qué creéis que debo hacer?".

"Matarlo".

"Es que no sé quien es".

"En ese caso primero debéis averiguar su identidad".

"No creo que sea fácil, pues, cuando lo vi salir por la ventana, sólo pude percibir una capa y un pie y eso no llega para identificar a una persona. Creo que deberé irme a casa sin solucionar el problema".

Y dejando el salón salió del castillo, montó en su caballo y volvió a su castillo, donde se dirigió a la habitación de su mujer, la cogió por la mano y, sin darle ninguna explicación, la llevó a la torre más alta, la empujó dentro y cerró la puerta. A la noche llamó a una dama y le dijo:

"Señora, de hoy en adelante te encargarás de atender a Lady Alwena, que ha sido encerrada en la torre más alta del castillo. Y que no debe salir de allí hasta el día de su muerte y, si saliese, pagarás con la vida".

Los primeros días de estar en la torre, Lady Alwena descubrió una ventana de un tamaño demasiado reducido para poder salir por ella. Pero desde allí se veía el campo y el mundo exterior. Las primeras veces que Lady Alwena se asomó no veía nada. Y dijo Lady Alwena: "Ay, Dios! ¿Cómo he de hacer para sobrevivir aquí? Tengo más necesidad que nunca de amor", pero finalmente logró relajarse y se quedó dormida, tendida sobre el lecho. Pasó varios días tranquila y relajada. Se la veía sonriente. Pero a la semana o así ya no lo estaba tanto. En éstas estaba cuando entró la doncella que le traía la comida, dejó la bandeja sobre la mesa y se acercó al lecho. La dama le dijo:

"Milady, ¿No tenéis hambre?".

"Sí. Estoy hambrienta, pero de amor".

Y estuvieron juntas toda la tarde hasta que fue hora de dormir. Un día estaba Lady Alwena mirando por la ventana cuando vio venir a lo lejos a su amado Claudas. Lady Alwena cogió una cuerda que tenía allí preparada y la amarró a un clavo que había debajo de la ventana y arrojó un cabo por la ventana, cabo que llegó al suelo y fue cogido por Claudas. Éste lo agarró y trepando por la pared agarrado a la cuerda llegó hasta arriba. Alwena le ayudó a entrar. Ya dentro de la torre se abrazaron y besaron.

"Oye, cariño", dijo Alwena, "ha sido una suerte que Phariance me metiera aquí, porque así hemos podido llevar nuestro amor en secreto. Como desde hace tres años no me hace ni caso he acabado por hacer lo que me da la gana y él no se entera".

"Sí. Con la complicidad de la camarera todo está saliendo bien, mejor que si estuvieras libre".

"La verdad", dijo ella, "es que al principio fue un poco difícil, porque la ventana era un poco pequeña".

"Sí, pero yo te dije desde abajo que procuraras ver si podías mover o sacar un par de piedras".

"Y yo logré aflojarlas con ayuda de un cuchillo para cortar la carne y luego usé un trozo de esas piedras para fijar el clavo".

"Oye, ¿dónde lo encontraste?".

"¿Querrás creer que no me acuerdo? Y la cuerda. ¿De dónde salió la cuerda?", preguntó ella.

"Pues la traje yo y la que montamos para que llegara arriba. Nos llevó todo un día".

"Pero al final conseguimos montar este tinglado".

"Y con el tiempo has podido salir todas las veces que te dio la gana. Nos hemos ido por ahí un montón de veces. Como Phariance sólo ha venido un par de veces a vigilar y como la camarera es nuestra...".

"Tengo que decirte una cosa, amor".

"¿Qué?".

"Con el tiempo me he enamorado de ti más que de Phariance y, además, es que le tengo una gran rabia a mi marido después de lo que me hizo".

Después de esta conversación Claudas se puso serio y por un momento Claudas frunció el ceño. Y dijo Alwena:

"¿Qué te pasa, cariño?".

"Hace ya tres años que busco a los hijos de Bors".

Ella se mordió el labio inferior".

"Uhm", dijo. "Yo sé donde están".

"¿Dónde?".

Alwena señaló con el dedo hacia el suelo y lo movió arriba y abajo.

"¿Dónde?", dijo él.

"Abajo. En la parte baja de esta torre. Están ahí desde que mi marido me metió en esta torre. Yo vi al ama como los metía en la torre y luego ella me lo confirmó. Pero al principio yo no dije nada, pensando que iba a salir pronto. Te diré otra cosa. Phariance sabe perfectamente que eres tú quien se acostaba conmigo. Sabe que eres tú el que estaba conmigo en la cama el día que saltaste por la ventana. (Bueno, que huíste por la ventana). Debes tomar una decisión. Yo he sufrido mucho por tu causa y tú estás en peligro".

"¿Y eso?".

"Si esos niños crecen te destruirán. Él los está educando para que se venguen de ti".

"Entonces tendré que tomar cartas en el asunto".

Y por un tiempo siguieron hablando, pero se trataba de intimidades y no es nada que concierna a la historia. Los dos pasaron la noche juntos y, a la mañana siguiente, Claudas partió para su castillo. Y ya en su castillo se dirigió a una habitación del segundo piso y llamó. Un caballero abrió la habitación:

"Decid, majestad".

"Sir Peter, debo hablar con vos. Tengo entendido que odiáis a un caballero llamado Phariance".

"Así es, majestad".

"Pues sabed que el dicho caballero Phariance tiene ocultos en la torre a los dos hijos del rey Bors de Ganis y sabed también que me haríais un gran servicio si raptárais a esos dos niños y los trajérais a mi corte".

"Será un placer, majestad".

"Entonces convenido".

Y se dieron las manos en señal de haber sellado el pacto. Y Claudas se fue por donde había venido. Cuando Phariance se enteró su primera reacción fue coger el caballo y dirygirse al castillo de Claudas, pero luego se dio cuenta de cuan custodiado se hallaría. Entonces decidió tomar una patrulla y con la patrulla se plantó ante la fortaleza del rey de la Tierra Desolada. Pero el castillo estaba tan protegido que decidió retirarse. En éstas se hallaban cuando el rey Claudas vino con cien de los suyos y rodeó a Phariance y asus gentes.

"Daros prisa", dijo Claudas, "pues somos más que vosotros".

Y, acompañando a la patrulla al castillo los aprisionaron y a las gentes de Phariance las encerraron en una mazmorra. Y el rey Claudas se dirigió al castillo de Phariance, lo tomó y raptó a los hijos de Bors.

"Y en cuanto a vos, sir Phariance", dijo Claudas, "seréis encerrado junto con los hijos del rey Bors para que os encarguéis de su educación".

Y, a los pocos días encerraron junto a Lionel, Bors y Phariance al caballero llamado Lambegue.

EN EL PALACIO DE CRISTAL

Cuando la Dama del Lago, llamada Nimve, raptó a Lanzarote, porque no nos engañemos, aquello fue un secuestro, se tiró a través de las aguas del lago de Diana, atravesó las aguas del Lago con el niño en brazos y llegó al fondo del lago. Nimve fue directamente al palacio de cristal, el cual tenía ocho altas torres delgadas acabadas en punta. Y las ocho altas torres rodeaban una alta cúpula. Y al entrar en el palacio pudimos ver que el ambiente era de un gran esplendor, pues las paredes de cristal estaban decoradas con oro y piedras preciosas. Y la Dama del Lago condujo, mediante un largo pasillo, al niño Lanzarote, a una amplia habitación donde había una cuna de cristal tallado, forrada con tercipelo rojo interiormente. Las sábanas de la cuna eran de lino y la colcha de satén. La Dama del Lago puso al niño en la cuna y, mirándole, sonrió. Al lado de la cuna había una cama doble. Fue poco después de esto cuando la reina Elaine profesó y la reina Evaine huyó con sus dos hijos del castillo para refugiarse en el bosque, de donde fueron sacados por Phariance. Éste los tuvo a su cuidado durante un cierto tiempo, hasta que su mujer, Alwena, que era amante del malvado Claudas, se los entregó a éste. El caballero Phariance tenía un sobrino que, enterado de que los niños habían sido presos, se dirigió a la torre y logró sacarlos de allí, pero, desafortunadamente, Claudas los vio, trabó combate con él y lo mató. Poco después, el rey Claudas logró encerrar a Phariance en la torre con los niños, después de haberlo rodeado con un grupo de hombres y poco más tarde a Lambegue. Y así quedaron encerrados los cuatro en aquella torre, los dos niños hijos del rey y sus dos maestros. Así, el rey Claudas se hizo con los reinos de Bors de Ganis y Ban de Benwick y se dirigió a desafiar a Arturo, aunque luego desistió de su propósito.

Lanzarote vivió en el lago durante varios años sin ninguna clase de preocupaciones y sin que nadie supiera quien era, razón por la cual le llamaban "el Niño", pero la Doncella del Lago se dijo: "Debo ponerle un tutor para que no se desoriente y le enseñe ciertas cosas que yo no le puedo enseñar por no tener suficiente conocimiento". Un día, por la mañana, cuando el sol estaba en todo lo alto, la Dama del Lago se presentó ante el niño Lanzarote y le dijo: "Éste es tu tutor, que te va a enseñar muchas cosas que yo no puedo".

"¿Y cómo se llama?".

"Me llamo Hervé".

"¿Y qué me vas a enseñar?".

"Lo primero que debes aprender es a familiarizarte con el arco, para que cuando seas un poco mayor puedas dominar la técnica de esta arma. También debes familiarizarte con los caballos y con otra serie de cosas, así que mañana saldremos a dar un paseo en pony para que pierdas el miedo".

Al otro día, mientras Lanzarote salía con su maestro una doncella de la Dama del Lago vino a hablar con ésta.

"Señora, señora, acabo de enterarme que los hijos del rey Bors se encuentran prisioneros en una torre y que ya hace más de dos años que se hayan en este estado".

"Pues tenemos que liberarlos inmediatamente".

"También me he enterado", prosiguió la criada, "que el rey Claudas ha vuelto hace poco de Camelot y que va a dar una fiesta proximamente. Tal vez hay una posibilidad".

"Efectivamente. Llama a Saraida".

La criada se ausentó y al poco volvió acompañada de una dama de pelo castaño rojizo, hermosa y un tanto delgada.

"Saraida", comenzó Nimve, "debes partir hacia Ganis y desempeñar un noble cometido: liberar a los hijos de rey Bors. Prepárate, que más tarde te contaré como. Yo voy a avisar al resto de la gente que te acompañará".

Y mientras Lady Saraida se preparaba la Dama del Lago reunió a diez de sus servidores y tres escuderos para que le acompañasen. Y entre los diez servidores había tres damas. Y montados, unos en caballos árabes, ellas en palafrenes, partieron del lago con una gran carga de alimentos, víveres y ropas. Y después de una semana de camino llegaron al castillo de Claudas. Y dijo Lady Saraida:

"Acamparemos en este bosque, pondremos las viandas y los trajes a cubierto y esperaremos a ver si podemos enterarnos de algo de lo que ocurre en el castillo. De lo contrario tendremos que internarnos unos cuantos de nosotros para saber lo que ocurre y donde están los hijos del rey Bors".

Aconteció que, faltando poco para el mediodía empezó a llegar gente al castillo. Y muchos de ellos venían de gala. Y, como es normal en estos casos, se aproximaban haciendo comentarios. Y decía una pareja:

"Esperemos que el acto de hacer caballero a Dorín sea tan hermoso como otros".

"Estas cosas siempre son muy lucidas".

"Sí. Son actos con mucho color".

Y se fueron, pero no mucho después pasó por allí un grupo de gente.

"Daros prisa", decía uno, "que la comida va a empezar pronto".

"No nos vamos a perder el espectáculo".

"Parece que el rey Claudas repartirá hoy una inmensa cantida de regalos",

"Siempre ha sido un poco generoso, pero a partir de haber estado en la corte del rey Arturo se ha vuelto más generoso".

Y el grupo desapareció entrando por la puerta del castillo. Repentínamente el número de gentes empezó a menguar hasta que desaparecieron del todo.

"Deben estar comiendo" dijo Saraida. "Es el momento de libertar a los hijos del rey Bors".

"Pero no sabemos donde están", dijo una dama.

"Lady Nimve me contó que están encerrados en una torre", dijo Saraida. "Debe ser aquella".

"No hay otra torre por aquí, así que intentémoslo", aseguró uno de los caballeros.

"¿Sabéis que haremos?", dijo otro. "Ataremos una cuerda a la argolla que sirve para abrir la puerta y otra a la silla del caballo y tiraremos".

"Buena idea".

Dicho y hecho. Al mismo tiempo Claudas comía con todos su caballeros y damas. Y más tarde, mientras Lady Saraida y los suyos ya habían puesto camino hacia el Lago, Claudas armaba a su hijo caballero y repartía los regalos que había prometido. La suerte favoreció a la comitiva y anduvieron durante todo el día y hasta llegada la noche con plena tranquilidad. Ya llegada la noche los del Lago se echaron a dormir y lo mismo los de Claudas. A la mañana siguiente, cuando la cocinera salió del castillo para ir en busca de víveres, vio la puerta de la torre arrancada de cuajo. Aterrorizada entró en el castillo gritando: "se han llevado a los niños. Se han llevado a los niños".

"¿A qué niños?", preguntó el guardia.

"A los hijos del rey Bors".

El guardia entró rapidamente en el castillo y al poco se vio al rey Claudas en las almenas observando lo que había pasado. Cuando dieron salido en su busca era la hora en que el sol se halla en lo alto del cielo. Y para esa hora la comitiva del Lago ya les llevaba una buena ventaja. Y con todo ese tiempo que les sacaban llegaron al Lago, al cual descendieron, y volvieron unos días después sin haber encontrado ningun tipo de incidentes por el camino. En cuanto al rey Claudas, después de buscar a los huídos y no encontrarlos, volvió al castillo enfadado, donde gritó y gritó durante toda la tarde sin que nadie le oyese. Lanzarote, por su parte, seguía haciéndose con el caballo. Su maestro, sir Hervé, unos días lo llevaba montado en la silla, ya fuese cogido de la mano o suelto, otros los dos andaban, llevando el caballo agarrado por las riendas.

Cuando Lionel y Bors llegaron al Lago, la Dama del Lago les dijo que durmieran, como de hecho hicieron. Y después de dormir y descansar unos días la Dama les enseñó el Palacio y les presentó a su primo Lanzarote. Y dijo sir Hervé:

"A partir de ahora aprederéis cosas juntos, pues hemos de enseñaros a jugar a las tablas y al ajedrez y también os enseñaremos a montar a caballo y a tirar con arco y a manejar la lanza y todo tipo de armas".

Y así fue que, al poco, cuando Lanzarote había empezado a montar a caballo o a familiarizarse con él, se le juntaron sus primos. Y, a partir de entonces, el paseo por el bosque se volvió una juerga. Y cuando ya se habían familiarizado con el caballo los caballeros Phariance, Hervé y Lambegue empezaron a acostumbrarlos a las armas de pequeño tamaño, dejando que jugaran con ellas, y poco a poco, les fueron dando armas más y más grandes, de manera que los niños, además de jugar, fueran haciendo músculo y perdiendo el miedo. Y todo ello sin dificultad. Y cuando tenía diez años Lanzarote empezaron a practicar con las diferentes armas y en poco tiempo se volvieron unos expertos en su manejo.

Un día que estaban aprendiendo el arte de la lucha con la espada dijo Lionel a su maestro Phariance:

"Maestro, hace tiempo que deseo vengarme de una persona".

"¿De quién?".

"Del rey Claudas".

"Ciertamente que no me extraña, pero la venganza no es buena consejera".

"Es que nos ha tratado muy mal".

"A vos y a vuestro padre".

"¿A mi padre? ¿Quién era?".

"El rey Bors de Ganis". Y añadió "Claudas, al secuestraros, robó vuestro reino y vos, algun día, habréis de enfrentaros a él y recuperarlo, pero no os preocupéis de eso ahora, que ya llegará el momento".

"Confío en vos".

Otro día había salido Lanzarote de caza. Iba montado en su caballo pardo. No iba por el monte ni por el bosque, sino que había cruzado un río y habìa cogido po un camino. Desmontó, pues pensó que se sentiría más cómodo, y empezó a caminar llevando el caballo amarrado por las riendas. Púsose en cuclillas, acercó el dedo al suelo y miró las huellas que había grabadas en el suelo.

"Uhmm", se dijo. "Son las huellas de un ciervo y están recientes. Deben ser del que vengo siguiendo hace un rato". Y, levantándose, siguió su camino, atento para ver si localizaba al venado.

"He perdido de vista al cervato. Debo haberme despistado en mis pesquisas. Bueno. Seguiré camino e intentaré gozar del paseo. Al fin y al cabo ya he cazado un par de codornices".

Al poco surgió de en medio de la senda por la que caminaba Lanzarote un joven de cabello corto, que le llegaba a las orejas, el pelo negro, azules los ojos, bajo, sin llegar a enano. Era fuerte y atractivo. Traía agarrado por las bridas un rocín pardo. Y el rocín se veía agotado, reventado por las espuelas. Y dijo el joven Lanzarote:

"¿Quién sois, señor?"

"Soy un pobre hombre que dentro de tres días será aún más pobre.

Aunque soy de noble linaje mi familia perdió todo lo que teníamos y ahora me encuentro en la ruina. Mi nombre no importa. Lo que sí importa a la historia es que debería estar en el castillo de Claudas en breve y no hay trazas de que pueda llegar".

"¿Cuánto es breve?".

"Antes de que el sol alcance su cénit".

"Uhm. Eso no es mucho, pero este caballo os llevaría en menos de lo que creéis".

"Quizás, señor, pero ese caballo es vuestro".

"Y decidme, ¿Por qué queréis ir al castillo de Claudas?".

"Debo enfrentarme a un caballero que mató a mi padre".

"En ese caso este caballo os llevará rápido como el viento".

"Pero ese caballo es vuestro".

"Ya no. Ahora es vuestro".

Y alargando la mano con las riendas las ofreció al caminante que le había aparecido ante los ojos. Cuando el hombre vio la mano de Lanzarote extendida cogió las bridas y montando el caballo desapareció después de hacer una profunda reverencia. Lanzarote siguió caminando. Al rato apareció ante su vista un hombre fuerte, ya entrado en años. El desconocido se dirigió al niño y le dijo:

"Buen niño, ¿podríais darme esas codornices? Pues tengo una hija que se casa hoy y mi casa está escasa de comida. Me haríais un gran favor otorgándome esas dos aves".

El niño miró al hombre, a sus dos ojos amables y hermosos y, sin dudarlo, le entregó las dos codornices que llevaba. Y los dos siguieron camino. Al tiempo de haber sucedido esto se acercó a nuestro niño Lanzarote un caballero y le dijo:

"Buen señor, ¿Sois de aquí cerca, de este país?".

"Sí, señor. De aquí cerca soy".

"Os lo pregunto porque me recordáis a alguien".

"¿A quién?".

"Aún no lo sé, pero ya me acordaré".

Y se fue, pero no tardó en volver y dijo:

"Ya sé a quien os parecéis. Al noble rey Ban, antiguo señor de estas tierras".

"¿Y quién era ese rey Ban?".

"El rey Ban de Benwick era uno de los hombres más nobles que han existido. Y se dice que tuvo un hijo que desapareció el mismo día de su nacimiento. Tal vez seáis vos. Si fuéseis, decídmelo, porque la gente de este reino de Benwick se alegraría y, si vos quisiéseis, os ayudarían a recuperar el trono. ¿Queréis decirme cuál es vuestro nombre?".

"No lo sé, señor, pues nadie me llama sino 'Hijo, Niño' u otro apelativo. También me llaman 'hijo de rey', pero no sé quien es mi padre".

Y sin más decir sus caminos se separaron. Lanzarote volvió pensativo a su casa en el Lago y el otro desapareció en el horizonte. Ya en su casa en el Lago Lanzarote se encontró con su maestro, sir Hervé.

"Señor, ¿dónde habéis dejado vuestro caballo, que era un caballo muy hermoso?".

"Lo he regalado".

"¿Y por qué lo habéis regalado?".

"Porque alguien lo necesitaba más que yo".

"Pues no deberíais porque era un caballo de raza excelente y un excelente ejemplar y no sé como ahora podríamos encontrar otro para vos que sea tan bueno como ese".

Lanzarote se puso en jarras y le desafió con la mirada. Sir Hervé se fue. Al rato se cruzó la Dama del Lago primero con sir Hervé, a quien se le veía visiblemente enfadado y más tarde con Lanzarote, que también estaba de morros.

"¿Qué os pasa a los dos?".

"Señor, que me ha gritado sin razón".

"¿Y por qué os ha gritado?".

"Por haber regalado mi corcel".

"¿Y por qué habéis regalado vuestro corcel?".

"Porque un hombre lo necesitaba más que yo, pues había de apelar ante Claudas y consideré que era justo y que además podría beneficiarme, pues Claudas es el que raptó a mis primos y eso nos proporcinaría una cierta venganza sobre él".

"Habéis pensado muy bien y no merecéis reproche. Mientras sigáis pensando así regalad todos los caballos que queráis, que yo os proporcionaré más".

Y la Dama del Lago le dio un beso a Lanzarote y ambos se retiraron conversando. Mientras estas cosas ocurrían en el Lago en la abadía de las reinas Evaine y Elaine se dirigían a rezar donde el rey Ban había muerto. Y decía la reina Elaine de Benwick:

"Bien sabéis, querida hermana, que desde que mi marido, el rey Ban, murió, no he dejado de venir aquí todas y cada una de las mañanas. Sin embargo ahora no sé si podré seguir viniendo por mucho tiempo, pues me siento un poco débil".

"No creo que le importe mucho a Dios si no venís un par de días ni tampoco a las monjas con todo lo que habéis hecho por ellas y por la abadía, pues ahora viven aquí unas treinta monjas y la abadía tiene un huerto maravilloso y ha sido completamente renovada. Si es que las monjas están encantadas de que estéis aquí".

"Por cierto, hermana, que la misa cantada de hoy ha sido muy hermosa".

"¿Verdad que sí?".

"Verdad de Dios".

"Pero eso no me privará de llorar por mi marido y mi hijo, pues ciertamente me siento muy triste hoy".

Y, en llegando a lo alto de la colina, se plantó de rodillas, abrió los brazos y al poco empezó a llorar. Llevaba unos minutos en esta posición, con las rodillas clavadas en el suelo cuando acertó a pasar por allí un fraile sobre una mula y tras él un escudero con un burro. Y dijo el monje:

"Sabed, señora, que no deberíais llorar, pues os habéis entregado al servicio de Dios. Y ello es digno de alegría".

"Tenéis razón, padre, pero me encuentro triste".

"¿Y por qué, hija?".

La reina ve que el fraile tiene la barba y el pelo canos, el aspecto venerable, fuerte la apariencia y muchas cicatrices en la cara. Su figura le inspira confianza.

"Padre", le dice, "sabed que yo había sido, antes de ingresar en la orden, reina de este país, pero en un sólo día fui privada por el destino de mi marido y de mi hijo. A mi marido lo llevó Dios y a mi hijo una mujer desnuda que se tiró al Lago con mi niño en brazos.

Y aún no sé si la mujer era ángel o diablo".

"Señora, encuentro que tenéis razones para llorar y estar triste, pero, por favor, confortáos, pues de nada sirve a vuestra alma y mucho prejuicio le hace" y añade "señora, os doy mi palabra de caballero de que que vuestro hijo está sano y bien cuidado, pues sabed que yo fui caballero antes de consagrarme al servicio de Dios y que serví en cien batallas. Por eso véis todas estas cicatrices en mi cara".

"¿Y dices, mi buen fraile, que mi hijo Lanzarote está con vida?".

"Con vida y bien cuidado, mi señora, pues lo veo todos los días y tiene unas mejillas sonrosadas muy hermosas y se encuentra fuerte y sano. Y sé que está aprendiendo a usar la espada y el hacha y la maza. Y sé que su maestro, sir Hervé, le está enseñando a jugar ajedrez y tablas, que ya sabe montar a caballo y que lo hace muy bien".

"¿Él montar a caballo?".

"Él montar a caballo y todo lo demás, pues dicen que es muy bueno en todas las artes".

"¿Y estáis seguro de que habláis de mi hijo?".

"Seguro estoy, majestad, pues sabed que he sido mandado para tranquilizaros, pues la persona que tiene a vuestro hijo a su cuidado sabe quien es y sabe quien sois vos y quiere que estéis tranquila. Sabed que vuestro hijo Lanzarote está en buenas manos, en manos de gente que lo cuida. Y sabed también que con él se encuentran sus primos Bors y Lionel. Y debéis saber también, majestad, que la dama que lo cuida se llevó a vuestro hijo porque sabía de la próxima muerte de vuestro marido, el rey Ban, pues ella es una gran vidente. Y sabed que está muy bien cuidado, a buen recaudo de sus enemigos. Y que sus enemigos no conseguirán apresarlo por mucho que lo intenten",

"Noble fraile, anciano fraile, ¿Os gustaría venir conmigo al convento? Os proveeremos de una buena cama en que descanséis y os daremos comida para que os repongáis. Pues creo justo que descanséis y os repongáis a cargo mío con las noticias que me habéis traído".

"Pues que así lo deseáis, sea".

Y cogiendo sus monturas bajaron a pie hasta la abadía. La misma reina llevó el mulo y el caballo a las cuadras. Y entraron en la abadía una vez que la reina Elaine abrio la puerta para ellos. Y tocando una campanilla llamó a las monjas, que acudieron al vuelo. Y eran las monjas dos docenas en total. Al ver al caballero una exclamó:

"Sir Phariance, bienvenido".

"Cuánto tiempo, sir Phariance", dijo otra.

Muchas le sonrieron.

"¿Pero es que todas le conocéis menos yo?, dijo la reina

"Algo así, señora, pues nos ha hecho muchos favores"

"La reina también me ha hecho un par de favores a mi, lo que pasa es que no se acuerda". Y siguió "Un día que me quedaba sin vestido, pues el rey había regalado a todos menos a mi, porque ya no le quedaban, la reina me proveyó. Y otro día me salvó la vida hace mucho tiempo. Pero la reina ya no se acuerda. Y, si su majestad se acuerda, es demasiado humilde para reconocerlo". La reina bajó un momento la cabeza. Phariance continuó: " Señora, estoy contento y triste a la vez. Contento de que hayáis dedicado vuestra alma al servicio de Dios, triste porque la causa es que habéis dejado de ser reina y vuestros territorios han sido arrebatados. Majestad, creo que el rey Arturo de Bretaña debe saber esto, aunque no dudo que le habrán llegado noticias, pues él está muy bien informado, sin embargo aún así haré la gestión, por supuesto, después de pasarme por un convento cercano, pues he de hablar con la madre abadesa".

"Os lo agradezco, sir Phariance".

No había acabado Phariance de hablar cuando entró en la habitación la reina de Ganis, Lady Evaine,

"Estoy contenta, sir Phariance porque mi sobrino está vivo y sano, pero me entristece no saber de mis hijos, de los cuales hace más de tres años que nada sé".

"No os preocupéis, majestad. Vuestros hijos están vivos, sanos y bien cuidados, pues lo mismo que a Lanzarote, yo los veo todos los días, pero, por razones de seguridad, no me está permitido deciros más".

"Os lo agradezco mucho, sir Phariance. Sois un gran caballero. Y he de deciros que vuestras antiguas armas os hacían justicia: la armadura de color plata, recordando la pureza, y el muro gris, guardándoos y la estrella encima, porque vos debéis ser un ángel".

"Gracias, muchas gracias una vez más".

"Ahora, majestad debo partir".

Y, sin más decir, salió por la puerta, montó en su caballo y se marchó.

"Ya lo ha hecho otra vez", dijo una monja.

"Siempre hace lo mismo", dijo una segunda.

"Y no hay manera de detenerlo", opinó una tercera.

Y, con el permiso de la madre superiora, se retiraron a sus habitaciones. Entonces sir Phariance, que había desaparecido sin previo aviso, puso camino a Camelot, adonde llegaba el rey Arturo. Seguido de sus caballeros llegaba Arturo, cansado y cabizbajo, sus caballos al paso. Y volvía pensativo. Bajó el rey de Bretaña de su caballo y con él todo su ejército. Y después de acomodar a sus caballos se dirigieron al castillo, donde encontraron puesta la mesa, pues ya era tarde. Cenaron y cuando empezaban a recuperar fuerzas dijo el rey Arturo:

"Caballeros, esta guerra me ha cansado en exceso. Afortunadamente hemos vencido al rey Agwisance de Escocia. Afortunadamente hemos conseguido una tregua hasta después de Pascua. El rey de Más Allá de las Marcas ha tenido a bien aceptarla, pues nos es necesario descansar. Los vencedores también necesitan un descanso, así que ahora reponeos, pues debemos estar listos para después de Pascua".

Al día siguiente, mientras comían, cuando el rey Arturo de Bretaña ya se encontraba más recuperado, entró en el salón de comer un monje. Se dirigió hacia donde estaba sentado el rey Arturo y quedando ante él desde el otro lado de la mesa se echó la capucha hacia atrás y, descubriéndose el rostro:

"Rey Arturo", dijo, "sé que eres el mejor hombre y el mejor rey que hay en este mundo. Y sé que haces todo lo posible por tus súbditos, pero también sé que has faltado en una cosa y que tendrás que repararla lo más pronto que sea posible".

"Si he fallado en algo, decídmelo, pues es mi intención corregirlo con la máxima celeridad".

"Os lo diré. Claro que os lo diré".

Mientras oye estas palabras Arturo contempla al hombre que habla. Ve su capucha de monje, su hábito, de monje también, observa sis fcciones nobles, su cara marcada por lo que parece lucha de espadas, su fortaleza de cuerpo y, aunque no puede ver sus brazos, adivina que ha de tener los músculos bien desarrollados.

"Caballero", dice Arturo, "parecéis hombre noble y monje honesto, sin embargo no adivino que hay bajo vuestras palabras para provocarme en esta manera. Por más que si en algo he faltado y veo que así lo pensáis vos, os ruego tengáis en cuenta que hasta el ser más perfecto no puede hacer todo lo que quisiera, pues tiene sus limitaciones".

"Ésa es la razón por la que os he mantenido el título de 'el mejor rey y el mejor hombre del mundo'. Sin embargo creo que este caso debéis hacer algo".

"Por amor de Dios", dice Arturo levantándose de la silla, "haced el favor de decirme ya lo que me queráis decir y no me tengáis en ascuas, pues los reyes también nos impacientamos y sufrimos. Por todos los santos".

Todos rompen a reír. Phariance retoma la palabra y dice:

"Majestad, sabed que mi nombre es Phariance, que anteriormente fui caballero y quizás vuelva a serlo, si Dios no lo remedia, pero por ahora soy monje. Sé de vuestras hazañas y sé que sóis el mejor rey del mundo, el que más ha hecho por la fe de Nuestro Señor, el Cristo, Jesús, que nació en Galilea, en Belén de Judea. Sé que vos sóis el que más ha hecho por defender las virtudes de la caballería y que tanto habéis hecho que sin vos no habría caballería ni nada que se le pareciese. Habéis hecho más cosas buenas vos solo que todos los demás reyes del mundo, pero sóis un poco perezoso a la hora de vengar ciertas afrentas, pues os olvidáis de defender a aquellos que os sirven con lealtad. Majestad, hace tiempo hubo dos reyes que os sirvieron lealmente y vos no habéis vengado sus muertes. Rey Arturo, lleváis un retraso de años en vengar la muerte del rey Ban de Benwick y el rey Bors de Ganis, pues sabed que el hijo del rey Ban ya tiene cerca de trece años y vos no habéis hecho nada contra el matador de Ban".

"Por lo cielos", dice Arturo, "que tenéis razón, pues es una espinita que tengo clavada hace tiempo. Pero en cuanto recupere mis fuerzas os prometo que haré todo lo que esté en mi mano para reparar el daño".

Cuando el monje hubo acabado de hablar se levantó de la mesa un caballero alto, fuerte, moreno de pelo y dijo:

"Señor, vos parecéis sir Phariance y, si es así, debéis conocerme, pues soy Bedevere, el copero y aquí está con nosotros un gran caballero, que es Hervis de Revel, que no se atrevería a hablar de esa manera a Arturo".

Levantóse Hervis de Revel y mirando al monje desde donde estaba intentó ver bien su cara, pues desde donde se hallaba no atinaba bien con sus rasgos. Cuando lo hubo visto bien se dirigió hacia él y, dándole un abrazo, lo saludó y le dio la bienvenida a Camelot y le expresó su alegría por haberlo encontrado después de tanto tiempo.

"Majestad", reanudó su discurso Phariance, "he venido a esta corte por amor a mi señora, la reina de Benwick, Elaine, que actualmente se encuentra en un monasterio, donde ha tomado los hábitos. En la actualidad se halla en buen estado, aunque ha pasado por muy tristes momentos. Sabed que todas sus posesiones le han sido arrancadas, sus castillos perdidos, que ha perdido a su marido y a su hijo y todo en un mismo día. Y sólo conserva la vida".

"Pues conserva lo más importante de todo, por más que reconozco que es una tragedia. Señor, creedme que no he podido hace nada antes aunque hubiese querido. Y, si ha esperado trece años, bien podrá esperar dos días más a que recupere mis fuerzas. Señor, os prometo que dentro de dos días me pondré en camino para enderezar este entuerto. Ahora dadme dos días y, mientras tanto, quedáos en este castillo o id con Dios, pero, por Dios, dejadme descansar un poco, pues yo sé que cuentan muchas historias de mí, pero se olvidan de relatar que el rey Arturo, el buen Arturo, también duerme".

Y sin más decir siguió comiendo. Phariance tomó asiento en la mesa y siguió charlando amigablemente con Bedevere y Hervis de Revel.

DORÍN

Era un día de sol cuando Lambegue salió del lago con la intención de dar un paseo y rspirar aire puro. Iba montado en su caballo bayo Y vestido con su armadura. Y en la armadura su escudo, ilustrado con una torre con la puerta abierta sobre campo de gules. Y la torre era marrón. Iba solo. Cabalgó nuestro caballero por un rato bien largo sin encontrar a nadie. Desde que había salido del

Lago parecía como si todos, amigos y enemigos, se hubieran esfumado. De pronto se encontró con un caballero que iba ataviado con su armadura. Y en la armadura llevaba un lobo en actitud de ataque. Y el lobo era de color negro sobre campo de gules. "Es Dorín", se dijo, "el hijo de Claudas. Esperemos que me deje tranquilo porque hoy no quiero pelear". Y procuró seguir camino. De repente Dorín, también llamado Claudine, se le echó encima con la espada amenazante, pues la llevaba desenvainada, y la agitaba por encima de su cabeza mientras gritaba: "vas a morir ahora". "No moriré esta vez, traidor" y, en diciendo esto, desenvainó su espada y paró el golpe que Claudine le asestaba. Trabaron combate. Los dos duelistas lucharon a espada durante un buen rato, después del cual Claudine cayó al suelo. Y en su caída la espada se rompió. Siguió entonces el duelo a hacha. Lambegue reaccionó tomando su espada de la cintura y siguieron luchando de esta guisa. Al cabo del tiempo Dorín, fruto del agotamiento y de las heridas infligidas por sir Lambegue, moría. Una vez seguro de este hecho Lambegue le dio cristiana sepultura y, después de dormir, siguió camino. Al poco pasó por aquel camino un caballero de Claudas que, viendo alejarse a Lambegue con tierra en las manos y viendo una cruz al lado, que ponía Dorín, infirió que Lambegue había matado al hijo de Claudas. Así, pues, se encaminó directamente a la Tierra Desierta y al castillo de Claudas. Buscó a Claudas y le preguntó:

"Majestad, ¿vuestro hijo?".

"Mi hijo Claudine ha salido del castillo, pero no sé donde se halla".

"Creo que yo sí lo sé".

"¿Dónde?".

"Me parece que bajo tierra. Creo que lo ha matado Lambegue".

"¡Guerra!".

"Señor, no lo sé seguro".

"Es igual. Sólo necesito una excusa para atacar a Lambegue y ya la tengo".

Y se encaminó hacia el Lago, encontrándose por el camino con sir Phariance. Cuando llegaron allí tocaron el cuerno. No tardaron mucho en aparecer dos caballeros vestidos de hierro. Claudas y el caballero que le acompañaba tomaron sus lanzas y las pusieron en ristre. Y así, lanza en ristre, esperaron a Phariance y a Lambegue, que venían hacia ellos. En cuanto los dos caballos estuvieron tan cerca que sus alientos se mezclaban, Claudas:

"Atrás, atrás, si no queréis perder vuestra vida. Vos matásteis a mi hijo y lo pagaréis caro".

"No pienso pagaros ni un ochavo".

"Pagaréis. Claro que pagaréis. ¡En guardia!".

"¡En guardia, pues!".

Y trabaron combate. Primero se separaron y embistieron con sus lanzas. El impacto rompió las lanzas de ambos contendientes. Y también de la segunda pareja de enemigos, que se enfrentaron al acabar los primeros. Hicieron uso, entonces, de las hachas. Y con las hachas lucharon y se dieron de tajos hasta que éstas se quebraron. Del hacha pasaron a la maza. Y con la maza se abollaron tanto la coraza que se llegaron a quedar clavadas en lasa armaduras, de manera que quedaron inservibles. Bajaron, entonces, los cuatro del caballo y empezaron a guerrear con las espadas, de modo y manera que se dieron grandes tajos. Y tanto lucharon que quedaron agotados y cayeron rendidos. Los primeros en despertar fueron Phariance y Lambegue y dijo Phariance:

"Caballero, ¿Creéis que está muerto?".

"No lo sé, sir Phariance, pero no me voy a quedar a averiguarlo".

Y montando en su caballo pusieron camino al Lago. Una vez llegaron y descansaron Phariance se dirigió a los niños Bors y Lionel y les dijo:

"El otro día vi a vuestra madre. Está preocupada por vosotros, por vuestra salud, por saber como estáis. Quisiera llevarle noticias vuestras y, además, algo que os pertenezca".

Entonces Bors le da a Phariance un cinturón. Lionel, al verlo, exclama: "¡Buena idea!". Y cogiendo otro cinturón se lo da a Phariance. Éste le da las gracias y les dice que partirá en breve. Al día siguiente Phariance parte del Lago con rumbo al convento de la reina Elaine de Benwick. Por el camino topó con un caballero que llevaba en el peto un escudo con tres estrellas de plata sobre campo de gules. Y se dijo Phariance:

"Este caballero era primo del rey Ban. Debe ser buena gente. Me dirigiré a él".

Y en voz alta:

"Buenos días, caballero. ¿Sóis del rey Ban?".

"Sí, señor. Y mi nombre es Lionses de Payarne".

"¿Sabéis si la reina de Benwick está bien?".

"Perfectamente, caballero, pues es ella quien me envía con la misión de averiguar acerca de su hijo. También tengo el encargo de investigar acerca de los hijos de la reina Evaine de Ganis".

"Pues, precisamente, yo voy en busca de estas dos reinas, pues he de entregarles dos cinturones, uno perteneciente a Bors y otro a Lionel".

"Pues, si queréis, yo os acompañaré, pero antes me gustaría verlos por mi mismo".

"Me parece razonable".

Vuelven, entonces, los dos al Lago, donde Phariance se encuentra con la Dama del Lago, a quien le cuenta la situación. Ésta le presenta a los niños. Les deja que hablen con él. Lionses ve, pues, que los niños están bien. Así, pues, parten los dos caballeros en busca de las dos reinas. Por el camino van hablando, pero, como no es nada que interese a nuestra aventura, omitiremos los comentarios. Y hablando hablando y cabalgando cabalgando llegan a la abadía donde se encuentran la reina de Benwick y su hermana, la reina de Ganis. Y, entrando en la abadía, encuentran a la reina Evaine. Y le dice Phariance:

"Señora, os traigo estos cinturones, uno de Bors y otro de Lionel, que ellos mismos me los han dado, en testimonio de buena salud".

"Y yo", dice Lionses, "doy fe de que están bien, porque los he visto con mis propios ojos y los he oído con mis oídos y he hablado con ellos y los he encontrado perfectamente".

"Pues que tales pruebas me dáis debo confiar, mas reconozco que me gustaría verlos personalmente".

"Majestad, por ahora la situación es muy peligrosa. Sin embargo dajad que me ocupe yo. La situación cambiará y creo que podréis verlos muy pronto".

"Caballero Phariance, me dáis una gran alegría, pues hace mucho que perdí a mis hijos".

"Majestad, si queréis, podríamos pedirle permiso a la Dama del Lago para ver si podíamos mostraros vuestros hijos".

"Si fuérais tan amables, os estaría muy agradecida".

"Y ¿Quién de nosotros irá?".

"Id vos, sir Phariance, mientras yo me quedó aquí cuidando de la reina de Benwick".

A continuación Phariance se puso en camino y anduvo todo el día y toda la noche hasta que llegó a la orilla del Lago. Allí sólo tuvo que meterse en el agua con su caballo y bajar las escaleras que conducían al Palacio de Cristal. Aunque podía asustar el hecho de meterse en el Lago con caballo y todo, la verdad es que había pocos escalones entre la orilla del Lago y la puerta por la que se dejaban atrás las aguas. Entró, entonces, por la puerta y tuvo acceso al Palacio de Cristal. Buscó a la Dama del Lago, pero no la encontró. Descansó, entonces, hasta que unas horas después vino a encontrarse de manos a boca con Nimve. Entonces:

"Lady Nimve", dijo, "debo hablar con vos".

"Contadme".

"La reina de Benwick, Lady Elaine, y su hermana, la reina de Ganis, Lady Evaine, querrían ver a sus hijos".

"Sir Phariance, si he de deciros la verdad, por lo que respecta a Bors y Lionel, no me preocupa en absoluto. Tenéis mi permiso para llevarlos ante su madre, la reina Evaine de Ganis, pero en cuanto a Lanzarote, el *Hijo de rey* no sabe quien es su padre ni su madre y yo necesito que lo ignore, por las cosas que debe aprender. El *Hijo de rey* debe descubrirlo por sí mismo, aunque a veces sospecho que sabe quien es".

"Pero, Lady Nimve, ¿no habría posibilidad...? Su madre está muy afectada".

"Quizás, si no le llamase *hijo*. Si vos le dijérais quien es, tal vez habría una posibilidad".

"Lady Nimve, en cuanto a mi, sabéis que podéis contar con mi total discreción. Sabéis que yo soy una tumba y que no diré ni una palabra".

"Sí. Es cierto, pero no sois vos quien me preocupa".

"Si lo que queréis es el silencio de Lady Elaine, podríamos hablar con ella antes de empezar la entrevista de Lanzarote".

"Prefiero que vayáis a ella antes de llevar a Lanzarote, pue, aunque sea un jovencito tiene una gran capacidad intelectual. Ese chico es muy listo".

"Acordado, pues, que haré un viaje a la reina de Benwick. Al fin y al cabo se encuentra cerca, a un día de camino. Mañana por la mañana saldré, después de haber descansado y creo que no habrá problema. Si es la única condición, la aceptará. Estoy seguro".

Al día siguiente Phariance se puso en camino hacia la reina Elaine. Como había predicho, tardó un día en llegar. Llegó al alba y, exhausto por el camino, cayó dormido. Cuando despertó desayunó y, luego de encontrarse reestablecido, dijo a la reina de Benwick:

"Majestad, la Dama del Lago accede a que veáis a vuestros hijos, a condición de que no lo llaméis *hijo* en ningun momento".

"Por eso no hay ningun problema, me contendré".

"Entonces iré a buscarlos. Por la tarde mismo me pondré en camino".

Y la reina Elaine sonrió con una sonrisa que le inundaba la cara de satisfacción. Y la misma tarde se montó en su caballo y partió del Lago. Al día siguiente por la tarde llegó al Lago. Volvió a meterse en el Lago, pero esta vez.

"Uf. Otra vez a través del agua, no. Esta vez entraré en el lago por la otra entrada. No tengo ganas de mojarme esta vez. Y no hay ninguna necesidad porque no hay nadie a la vista, así que vamos a dejar los numeritos para cuando sean imprescindibles".

Y dando una vuelta al Lago se llegó a una cueva cercana, donde había una entrada bajo la tierra removida. Era un trampilla de madera, grande como el tamaño de un caballo, que estaba cubierta de tierra. Y después de entrar caballo y jinete por la trampilla cerró Phariance la puerta de madera y se encaminó por aquel corredor hacia el Palacio de Cristal, adonde llegó en breve. Localizó a la Dama del Lago, llamada Nimve, y le dijo:

"La reina Elaine se ha comprometido a no decir nada sobre su maternidad al niño Lanzarote, al *hijo de rey*".

"Entonces", dijo Nimve, "puedes partir con los tres niños".

"Milady, partiré por el mismo sitio que llegué, por la puerta de la cueva".

"Ten cuidado".

"Lo tendré".

Partieron. El camino fue tan corto como las otras veces, pero los príncipes iban nerviosos. Y se notaba. Cuando llegaron se pudo ver una sonrisa en las bocas de los príncipes. Y también sonrió Lady Elaine. Y sonrió la reina Evaine.

"Señoras, estamos bien protegidos todos nosotros en este convento. Podéis hablar con tranquilidad y confianza. Aquí nadie nos oirá".

"Muchas gracias, sir Phariance, por advertirnos", dijo la reina Evaine. "¿Son esos mis hijos, Lionel y Bors?".

"Esos son, majestad".

"¡Qué guapos están! Hace tanto tiempo que no los veo que casi no los reconozco. ¡Mis niños!".

Y, en diciendo estas cosas, se acercó a ellos y los abrazó. Y dijo la reina Elaine:

"¿Eres tú ese que llaman *Hijo de rey*?".

"Yo soy".

"Eres muy guapo".

"Señora, ¿Sóis vos mi madre?".

"Yo soy la reina de Benwick. Y sólo he pedido conoceros, pues he oído hablar mucho de vos".

"Eso no contesta a mi pregunta".

"Pues eso será lo más cerca que esté de contestar".

"Entonces es que sóis mi madre. Y me alegro de que seáis mi madre. Me alegro de veros".

La conversación duró horas enteras. La reina Evaine congratulándose de sus hijos, la reina Elaine muy contenta por poder ver a su Lanzarote. Y después de que hubo anochecido se fueron a su casa. Y cuando llegaron a sus respectivos hogares descansaron y durmieron.

A los pocos días, y sin que nadie supiera por qué, el caballero sir Phariance enfermó y se fue debilitando poco a poco hasta que en el plazo de una semana a partir de haberse puesto enfermo murió. Nadie sabía la causa, aunque algunos pensaron que había muerto de viejo. La Dama del Lago, generosa por naturaleza, organizó unos grandes funerales. Se le procuró un gran entierro al caballero Phariance, pues le había ayudado mucho en la cría de los niños. Y dijo Nimve: "Le estoy muy agradecida por todo lo que ha hecho por mí". El entierro de Phariance fue fastuoso. El féretro iba portado por un carro conducido por dos caballos blancos. Y alrededor de dicho carro iban cuatro caballos negros como el ébano. Y delante del carro iban dos columnas de soldados y otras dos detrás del carro. Toda la corte seguía la procesión funeraria. Y tras todo el cortejo Nimve, montada en un caballo de pelo rojizo. Y cuando llegaron al cementerio enterraron a Phariance y se fueron a casa todos muy tristes. Y dijo la Dama del Lago: "Lástima que haya dejado dos hijos". Mientras tanto, en la abadía, la madre abadesa abría la puerta de su despacho a las dos reinas, la reina Elaine de Benwick y la reina Evaine de Ganis.

"Os he mandado llamar", decía la madre abadesa, "porque he visto vuestro comportamiento desde que entrásteis en el monasterio. Y me parece que os habéis pasado. Ya sé que no debiera daros órdenes ni trataros como os estoy tratando, pero ahora estáis a mi cuidado y no puedo pasar por alto lo que hacéis. Majestades, creo que os estáis excediendo en el cumplimiento de vuestras obligaciones y debiérais aminorar un poco vuestro ritmo de trabajo. Desde hace un par de meses coméis sólo una vez al día y tan poco que apenas llega para alimentar a un pajarillo. También pasáis demasiado tiempo rezando. Reina Elaine, no habéis comido carne en la abadía desde hace un año. Tenéis que estar muy débil. Yo ya sé que hay gente que se abstiene de carne y pescado durante toda su vida, pero también sé que están demasiado débiles. Y la Iglesia no pide más que una ligera abstención de vez en cuando, así como ciertos días de ayuno. Pero tampoco se debe abusar de estas prácticas, pues el cuerpo necesita alimentarse. Bien me parece que oigáis vidas de santos y que cantéis, pero, por favor, desobedecedme alguna vez en la regla de silencio, pues todo el mundo necesita hablar de vez en cuando. Y la regla es dura. Por favor, no seáis tan estrictas. Y ahora, podéis iros".

Y dejando a la madre abadesa, se encaminaron a la capilla. Y allí:

"Padre", dijo Evaine, "nos gustaría que nos contárais historias de santos".

"¿De cuál, hija? Ya os he contado tantas que no sé por donde seguir".

"Dijísteis que nos hablaríais de Santa Catalina y Santa Lucía", prosiguió Evaine.

"Ay, sí. Santa Lucía. Pues Santa Lucía nació en Sicilia, sobre el año 285. Era huérfana de padre. Ella, en secreto, hizo voto de virginidad. Con lo cual huelga decir que no tenía intención de casarse. Su madre, por el contrario, no quería otra cosa para ella que buscarle un buen matrimonio. Quería un buen partido para ella, que era una joven guapa y elegante. En éstas se encontraba la madre de Lucía cuando enfermó. Lucía la atendía día y noche. Y un día se le ocurrió 'aquí cerca está Catania y en Catania el sepulcro de Águeda, cuyo velo ha hecho maravillas, pues es una gran santa. Madre, tal vez podríamos ir allí y pedirle tu curación. Tal vez Águeda nos lo conceda'. 'Bueno, hija, por pedirle a Águeda no vamos a perder nada'.

Así, al día siguiente, se encaminaron a Catania y, en cuanto llegaron a dicho lugar, al sepulcro de la santa. No hizo la madre más que pedir cuando: 'Oye, ¿Sabes que te encuentro un poco mejor?'. Y a las pocas horas estaba totalmente restablecida. Y aquella noche se echó a dormir. De repente, en medio de la noche: '¡Ay, Dios mío! Si he visto un crucificado que me decía desde la cruz: 'Yo soy Jesús, el Cristo, que murió en Jerusalén. Y te pido, por favor, que no cases a tu hija o la crucificarás como a mi me crucificaron'.

A la mañana siguiente: 'Hija mía, si no quieres casarte, no te casarás' '¿Y eso, mami?'. 'Por un sueño que he tenido hoy'. Lucía no preguntó más. 'No hay necesida de preguntar más, cuando es lo que yo quería'. 'Es más', dijo la madre, 'si quieres, venderemos todo, lo daremos a los pobres y nos entregaremos al servicio del Señor'. 'Eso sería fantástico, mami'. Y al día siguiente se pusieron al trabajo de vender todo.

Pero Lucía tenía un novio y cuando le dijo a Marco: 'Mira, no me voy a casar contigo, sino que me voy a meter monja', "Ah, ¿Sí?", dijo él, 'pues te vas a acordar'. Al día siguiente dos soldados se presentaron en su casa, arrestaron a las dos mujeres y las llevaron ante la autoridad. A sus preguntas Lucía contestó: 'Los corazones puros son templos del Espíritu Santo y vos no me váis a hacer sacrificar a los ídolos'. 'Que la lleven a un prostíbulo'. Los soldados la agarraron por los brazos, pero esta vez no la pudieron mover. La ataron a un buey, pero tampoco éste la pudo mover ni un milímetro. Lo intentaron con dos, con tres y con un total de cuatro bueyes tirando de ella. Pero el resultado fue inútil. Hicieron, entonces, una hoguera, pero empezó a llover y la llama se apagó. '¡Por Zeus! Que Dios te protege, criatura, que no te podemos hace nada. Vamos a ver quién es más fuerte, si tu dios o el mío. Arrancadle los ojos'. A lo cual un sicario se acercó a ella y, metiéndole el dedo índice y el corazón hasta el fondo, se los arrancó de cuajo. Lucía se echó a llorar. Entonces la autoridad bajó y pidió al soldado: 'Déjame tu espada' y tomándola la hundió en la garganta de Lucía. 'Por los cielos que esta chica es tan mortal como todo el mundo' y Lucía cayó al suelo, muerta. En su tumba su madre puso: *la irreprochable Lucía vivió santa y pura alrededor de quince años. Para ella no hay elogios suficientes*. Era el año 300 del nacimiento de Nuestro Señor. Y ahora, hijas mías, iros a cenar y a dormir, que necesitáis descansar y no quiero que la madre abadesa me riña". Y, efectivamente, se fueron a dormir y descansaron, pero al día siguiente, después de cumplir sus obligaciones matinales, se presentaron al capellán y le pidieron: "por favor, Padre, contadnos la vida de Santa Catalina". "Ay, hijas, ya me he cansado de discutir con vosotras. Os cuento la vida de Catalina y luego os váis, ¿Eh?". "Vale".

"Pues Catalina nació a finales del siglo III en Alejandría. En aquellos momentos Alejandría era un hervidero de ciencia. Allí estaban (o habían estado) Orígenes, Tertuliano, Lactancio, Clemente de Alejandría y Dionisio de Alejandría. Y también Plotino, Filón, Porfirio, Atanasio y Cirilo. En este ambiente de ciencia nació Catalina. Era hija del rey Siciliano Costo y estaba dotada de un excelente ingenio. Curiosa e interesada en gran cantidad de áreas de la sabiduría, llegó a ser un prodigio de sabiduría en lo que se refiere a filosofía y artes afines. Ello le hace ser pretendida por multitud de gentes, entre ellos unos cuantos pensadores. Pero Catalina los rechaza a todos con la excusa de dedicarse a su ciencia. Un día se topa, por una azar, con la doctrina cristiana, que le cautiva. Pedro, el patriarca, era a quien se la había escuchado. Un día, paseando por un monte cercano, se encuentra con un ermitaño llamado Trifón. Éste le propone como único novio verdaderamente digno de ella a Cristo.

Mandaba en aquel tiempo en Egipto Maximino Daia. El imperio romano estaba dividido y había, al mismo tiempo, cinco emperadores. Y el que mandaba en la parte de Egipto era el mencionado Daia. Era un hombre cruel. Catalina se presentó ante él y le recriminó su conducta. Maximino se sintió deslumbrado por su elocuencia y quiso casarse con ella. Y también ponerla de su parte. La virgen lo rechazó. Daia organizó un encuentro entre cincuenta sabios e invitó a Catalina. Catalina los venció a todos recitando versos de Homero, citas de Platón y versos de los profetas. Todos los sabios de Alejandría se dieron por vencidos ante su elocuencia. Y quedaron callados sin saber que contestar. Daia la hace azotar, en respuesta a su sabiduría. Después la hace encerrar en una oscura cárcel con la intención de hacerla morir de hambre, pero un paloma le trae comida del cielo. Aún así, Catalina logra convertir a Constancia, la emperatriz. Entonces Daia la hace someter a la rueda de cuchillos, pero, milagrosamente, cae un rayo del cielo que destroza la rueda, ciega a los verdugos y mata a más de una docena de personas. Daia, entonces, la hace decapitar. Su cuerpo muerto fue llevado por los ángeles al Monte Sinaí. Más tarde allí se construyó un monasterio. Y ahora, hijas mías, iros y no trabajéis mucho, que os conviene descansar".

Al poco, la madre abadesa llamó a su despacho al párroco.

"Padre", dijo la abadesa, "no quicro fomentar esos hábitos tan austeros de las reinas Elaine y Evaine, no es conveniente para ellas. Al fin y al cabo son dos reinas y están acostumbradas a la corte".

"Lo sé, madre, pero el caso es que cuando veo a la reina Elaine tan fuerte, con tanta cara de inocencia, no puedo dejar de pensar que resistirá y no puedo resistirme a contar y contar y responder a todo lo que me pregunta. Es una fuerza superior a mi".

"Entonces tendré que prohibiros verla".

"Estáis en vuestro derecho. Es una prerrogativa de la madre abadesa".

Un día estaba la reina Elaine en la capilla. Estaba absorta en sus rezos. Sola. Repentinamente se quedó absorta mirando al vacío. El párroco llegó y la vio arrobada en el éxtasis y se qudó contemplándola un rato. Y se dijo: "Está tan bella". Pasó por delante de ella, pero Elaine no lo vio. Sentóse, entonces, y se quedó mirando para ella. Cuando, al cabo de un rato, la reina de Benwick despertó de su éxtasis, el párroco:

"Hija", le dijo, "¿te pasa algo?".

"Padre, he tenido una visión".

"¿Una visión, hija?".

"Sí, padre".

"¿Y qué visión, hija?".

"Veréis, padre. Yo me encontraba en un jardín lleno de toda clase de flores, hierbas y plantas. Era, más que un jardín, un vergel multicolor, llena de paz y de armonía. Era un jardín grande, amplio, a lo largo y a lo ancho. Y lo rodeaba un bosque hermoso y tupido, en el que había una gran cantidad de especies y ninguna predominaba sobre la otra. Y entre el jardín y el bosque había una serie de casas construídas. Y todas eran bastante normalitas, pero entre todas ellas había tres que parecían castillos, aunque eran casas, pero casas almenadas, de piedra y con puerta levadiza, como si fueran castillos, fortalezas en miniatura. Me llamó la atención poderosamente, si he de decirlo. Entonces vi salir de estas casascastillo, de cada una de ellas, a un mancebo. El primero se acercó a mi y me dijo: 'Yo soy Lionel y estoy bien cuidado'. Entonces se acercó el segundo y dijo: 'Yo soy Bors y también estoy bien cuidado'. Lanzarote se acercó el tercero. Descollaba entre los dos, por su estatura y su salud. También se identificó diciendo que era Lanzarote y que estaba bien y sano. Y al lado de ellos estaba Lambegue. Vos¿qué creéis, padre?".

"Hija mía, yo creo que es una visión muy hermosa y que Dios te la ha dado para tranquilizarte".

A los pocos días, la reina de Benwick se puso enferma y en el plazo de horas murió. Se la enterró con todos los honores de reina. Y la reina Evaine de Ganis quedó muy triste.

SIR GAWAIN Y EL CABALLERO VERDE

Era el día de fin de año cuando todos los caballeros estaban reunidos en el comedor de
 Camelot. Era la hora de comer. En la presidencia, sobre una ta-
rima, Arturo, en el medio de la mesa. A su lado, a mano izquierda
Ginebra, que llevaba una túnica de cendal, adornada con aves y
mariposas bordados a mano. Los rebordes del traje con diferentes
tipos de plantas y flores. Todo bordado con los más exquisitos
colores, lo que hacía parecer al vestido un arcoiris. A la izquierda

de Ginebra estaba Gawain, vestido de amarillo. En su pecho la estrella de cinco puntas. Aquel día llevaba una túnica sujeta por un cinturón. A la derecha de Arturo Bawdwin de Bretaña, con la mitra episcopal en el pecho. Vestía de color azul celeste. Ewain, el hijo del rey Uriens de Gore hallábase delante de él. Era un hombre alto, delgado sin llegar a flaco. Se le veía fuerte, de tez morena, quemada por el viento del mar, y cabello negro peinado hacia atrás. Y, para completar la mesa presidencial, Agravaín. Su camisa adornada con tres leopardos de gules sobre oro.

En las mesas laterales los demás caballeros, acompañados de sus damas. La proximidad a la mesa presidencial marcaba la importancia de ellos. Así encontrábamos en la mesa de la derecha a Lancelot, Gareth, Ulfius, Brastias, Gaheris y Mordred. En la mesa de la izquierda Merlín, que, aunque no era caballero, era el más importante después de Arturo y de Ginebra. Pellinor después, Palomides y Mador de la Porte y muchos otros que no mencionaré. Frente a la mesa de Arturo siete trompeteros con sus largas fanfarrias, distribuídos cuatro a un lado de la puerta y tres al otro. Delante de ellos cuatro tamborileros, también distribuídos en dos grupos.

Arturo hablaba animadamente, de pie frente a la mesa, ora con Gawain, ora con Ginebra, o bien con Bawdwin o Agravaín y echaba el brazo sobre los hombros de la reina, quien inclinaba su cabeza sobre el pecho del rey. Y decía Arturo:

"Estoy muy contento de teneros a todos junto a mi. Pocas son las ocasiones en que tantos caballeros se reúnen. Cuando pasen estas fiestas algunos os iréis. Ya veo a Lancelot inquieto, al ardiente Gawain deseoso de aventuras, a Pellinor meditando sobre la bestia aulladora".

"Majestad", dijo Bawdwin, "tenemos un problema con los monjes que han dejado el monasterio de Lindisfarne. Quieren tierras para fundar un nuevo monasterio".

"¿Cuál es el problema?".

"Que han sido expulsados de Lindisfarne por conducta libidinosa. Suponemos que quieren fundar un nuevo monasterio para continuar sus fornicaciones".

"¿Y tenemos que resolverlo ahora o podría esperar hasta pasadas las fiestas?".

"Quizás pueda esperar unos días, mas no demasiados, porque los monjes están insistiendo ya hace tiempo".

"Gawain", dijo el rey, "¿sabes que son los elfos, gnomos y hadas los que hacen una gran parte de trabajo del castillo y los que nos defienden de los enemigos cuando dormimos por la noche?".

"¿Entonces son esas luces que nos iluminan por la noche?", preguntó Gawain

"Así es. Y esa es la razón por la que no tenemos foso. Los Ellydan rodean todo el castillo de Camelot. Son quienes desprenden esa luz tan intensa. Su misión es crear una barrera alrededor del castillo, de manera que nadie con ánimo violento pueda entrar. Ellos no lo dejan".

"¿Y también son ellos lo que hacen el vino y la cerveza?", preguntó Gawain.

"Bueno, en realidad eso lo hacen los Gwarchells. Son unos enanitos que miden dos o tres palmos. Suelen ser contrahechos y bastante negros de piel. Tienen brazos largos y barbas pobladas. Generalmente visten de negro. Y no puedes verlos por los pasillos porque llevan un gorro rojo o verde que los hace invisibles. Sé que el gorro es de esos colores porque los he visto cuando no lo tienen puesto. Quienes más los tratan son Lucan y Kay. Si los acompañas un día, seguramente podrás verlos, aunque ¡Quién sabe! Los elfos son tan caprichosos. ¿Sabes, Gawain? Me hubiera gustado contarte esto antes, pero nunca estás...".

"Arturo", interrumpió Ginebra dulcemente, "¿tardaremos mucho en comer?".

"Espero que no, cariño, porque estoy hambriento, pero no podemos empezar hasta que ocurra algo maravilloso".

Merlín, intuyendo lo que la reina había preguntado, se puso en pie y dio tres golpes con su bastón reclamando silencio. Los caballeros se callaron inmediatamente y él, juguetonamente, dijo:

"Caballeros, por favor, no os impacientéis. Dentro de poco ocurrirá algo maravilloso y podremos empezar a comer".

Los caballeros empezaron a murmurar y a mirarse unos a otros.

Estaba empezando a armarse un gran revuelo cuando entró un escudero corriendo, a la vez que gritaba: "Majestad, ya podéis empezar; majestad, ya podéis empezar".

"¿Qué pasa¿ ¿Qué ocurre?", preguntó Arturo.

Merlín sonrió, travieso. Sonaron los tambores. Tocaron las fanfarrias. Kay entró con el primer plato, Lucan con la cerveza. Cada uno por un lado iban sirviendo a todos los caballeros. Había abundancia de cosas frescas: ensaladas de varios tipos, hortalizas, zanahorias con salsa de soja, alcachofas cocidas, pepinillos con aceite y sal, calabacines cortados con trocitos de queso sobre ellos, espárragos cocidos. También había puesto Kay encima de la mesa abundancia de frutos secos: avellanas, almendras, anacardos, piñones y unos pocos cacahuetes, así como aguacates cortados en trocitos. Todas estas cosas estaba poniendo el senescal encima de la mesa cuando, montado en un caballo color oliva, llegó un caballero, fiero de porte, de gran estatura. Era más alto que una persona normal. Algunos podrían haberle llamado gigante, aunque no era tan alto como ellos. Diríase que tenía una altura equivalente al doble de una persona normal o, quizás, un poco menos. Lo primero que saltaba a la vista era su enorme pecho. Luego los músculos de sus brazos y sus piernas, que se tensaban bajo las mangas de la túnica verde. Ésta le caía desde los hombros hasta las rodillas. Sus anchos muslos destacaban bajo las calzas color esmeralda. Llevaba sobre la túnica un manto con capucha, que, al sacarse y dejar al descubierto la cabeza, mostraba tener una cola de caballo que le llegaba hasta la cintura. El manto era de terciopelo verde. Aunque no estaba totalmente abierto dejaba entrever el torso y los miembros del caballero, que impresionaron a las gentes que allí estaban. Verde era también el cinturón que le ceñía la túnica y que se le ajustaba de tal modo al cuerpo que señalaba los enormes músculos y talla de su pecho. Y todo el manto iba adornado con esmeraldas claras como el agua del mar sobre las algas. Y la túnica bordada en hilo de oro tejido de color verde hierba. Los motivos que la adornaban eran cuadrados que se cortaban unos a otros, al modo de los motivos árabes, formando estrellas. Los estribos, que se ajustaban directamente a las calzas, eran también verdes. El caballero, ya lo hemos dicho, color aceituna, llevaba todos sus paramentos bordados de aves, mariposas, libélulas y mantis religiosas.

Un silencio tenso reinaba en la sala, un silencio en el que todas las cabezas estaban inmóviles, todos los ojos fijos en el caballero, todos los músculos contraídos en esa tranquilidad que precede a la lucha. Un silencio ni siquiera roto por el movimiento de las cabezas cuando el caballero tomó el tamaño de un enano y luego la estatura de una persona normal. Entonces los que estaban en la sala se miraron.

"Quién es el gobernador de esta compañía?", dijo.

"Sed bienvenido, señor, a este lugar. Yo soy el que buscáis: gobernador y cabeza de este castillo y de toda la región de Bretaña. Mi nombre es Arturo y desearíamos saber cuál es vuestra intención al venir aquí".

"Me llaman Pertelope, señor, El Caballero Verde".

"¿No tenéis otros tres hermanos?".

"Sï, señor. Perimones, El Caballero Rojo, Pecard, El Caballero Negro y Persant de la India, también conocido como El Caballero Azul, pero no son ellos ni vos el motivo de mi venida".

"Pero tendréis una razón para venir aquí":

"Como podéis ver, señor, no he venido vestido con armadura ni yelmo ni loriga. No traigo cota de mallas, ni botas, ni escudo, ni lanza, pues no vengo en son de guerra, sino que vengo de terciopelo y seda, señor, pues vengo en son de paz. Me han dicho, rey Arturo, que en esta corte están los mejores caballeros que ciñen espada, los más valientes y valerosos del mundo, los más poderosos. Y vengo a proponeros un trato. Si sóis gentil, me concederéis el don que os pida. Si sóis atrevido, me concederéis el juego que os propongo".

"Señor, si buscáis guerra, aquí no la encontraréis. Y, si no buscáis guerra, ¿Que buscáis?".

"No es guerra, señor, lo que busco, sino un pequeño juego, al que no sé si vuestros hombres o alguno de ellos accederán al jugar".

"¿Y cuál es el juego, señor?".

"El juego es que yo regalaré esta hacha al caballero que descargue un golpe sobre mi cuello".

Y diciendo esto cogió el hacha que llevaba a la espalda, cuyo filo relució a la luz de las antorchas como el oro bajo el sol.

"Y dentro de un año", añadió, "yo le devolveré el golpe en la Capilla Verde. Si alguien es capaz de atreverse, yo recibiré hoy el golpe con esta hacha".

Reinó un silencio.

"¿Es ésta la corte de Arturo, de la que tanto se oye hablar por todo el mundo, que tanta fama tiene a través de tantos reinos? ¿Es ésta la corte de Arturo, de la que se dice que en ella están los mejores caballeros del mundo, los más poderosos, los más osados? ¿Dónde están el honor y las conquistas de estos caballeros? ¿Dónde su ferocidad y su ira? ¿Dónde quedan las grandes palabras? ¿Acaso se han vuelto sólo aire? ¿Es ésta la corte de Arturo, donde se encuentran los Caballeros de la Tabla Redonda? ¿Y ninguno se adelanta para aceptar el juego? ¿Nadie se ateve a darme un golpe con el hacha?".

Y, en diciendo esto, levantó su mano derecha, mientras jugaba con los bucles de su barba riza. Los miembros de Arturo, sus brazos, se apretaban contra el trono, sus manos agarraban ferreamente la cabeza del dragón de madera. Sus pies se pegaron más al suelo, los miembros del rey se contrajeron, su faz cobró un aire serio, incluso enfadado. Pero, aunque a punto de dar el salto, Arturo permaneció sentado. Entonces, con una voz terrible, que salía de lo más profundo de su ser, habló marcando todas las sílabas, cada palabra que decía.

"Caballero, por el cielo, vuestro ruego es una locura. Es locura vuestro juego, un juego que sólo puede llevar a la muerte a vos y a otro caballero. Es una locura, una locura asesina. Pero, aún así, no conzco a ninguno aquí que os tenga miedo. Dadme el hacha. Yo to maré el reto sobre mi".

Y a grandes pasos se dirigió hacia el Caballero Verde y agarrando el hacha la arrancó con fuerza de la mano de Pertelope. Entonces Gawain, que estaba sentado junto a la reina, se levantó y con ardiente y fuerte voz, una voz que llenaba la sala, aunque de manera cortés, como cabía en un gran caballero, dijo:

"Majestad, os ruego me concedáis el privilegio de tomar esa batalla sobre mi, de desafiar en duelo a ese caballero vestido de verde, de enfrentarme al caballero Pertelope. ¿Me permitiríais, señor, dejar esta mesa y reemplazaros en la tarea que habéis emprendido, tomándola sobre vos? Yo querría, señor, que tomárais mi consejo y declinárais esa responsabilidad sobre mis espaldas. Aceptad, majestad, mi consejo. Vos sóis el mejor de esta sala, el más grande, el más importante. Sóis demasiado importante para nosotros y no podemos consentir que toméis sobre vosotros la responsabilidad de ese duelo. Yo, sin embargo, soy el más débil, el más feble. No soy un gran razonador, señor, pero soy tremendamente ardiente y me atrevo a tomar sobre mi responsabilidades que a otros les parecerían suicidas. Por tanto, señor, os ruego me concedáis este desafío".

Era Gawain un caballero delgado, la cara ovalada, recta la nariz, gruesos los labios, pero distinguidos, la mirada sagaz como la de un águila, la barba poblada y recia, fuertes y largos los dedos de las manos, fuertes también los hombros y los brazos. Coraza fina parecía su pecho bajo la túnica color sol ceñida por un cinturón cubierto de seda amarilla. Amarillas también las botas. Y en su pechera el pentagrama. Toda su túnica cubierta de topacios. Frente a él, en una gran mesa, una gran jarra de agua y una fuente de manzanas, las cuales solía comer en abundancia. Dirigiéndose al rey se arrodilló ante él y le pidió su bendición, la cual Arturo concedió con mucho gusto y además le dijo: "Sobrino, tened cuidado de vuestro cuello y confiad en vuestro corazón". Cogió Gawain el hacha por el mango, la cual Arturo le ofrecía, agarrándola fuertemente, y en silencio se dirigió al Caballero Verde. Éste dijo:

"¿Cuál era vuestro nombre?".

"Sir Gawain de Orkney".

"Recordad, sir Gawain, que vos me daréis un golpe en el cuello ahora y dentro de un año y un día yo os estaré esperando en la Capilla Verde para devolvéroslo".

"Y, decidme, ¿Dónde se encuentra? Pues no sé donde vivís ni conozco la corte donde habitáis, ni siquiera había oído hablar de vos antes de hoy, señor".

"Yo vivo en la Capilla Verde, que se encuentra en la Tierra Verde del País de Gales, pero ahora coged el hacha y descargad vuestro golpe".

Y diciendo esto agachó el cuello ante Gawain, quien levantó el arma, y con todas sus fuerzas impactó con el hacha en el cuello del Caballero Verde. Su cabeza cayó rodando al suelo. Gawain recuperó su posición inicial y creía haber acabado con el problema cuando vio al caballero acercarse hacia su cabeza, cogerla con sus dos manos y ponérsela sobre el cuello, que, al encontrarse otra vez en su lugar, se soldó, desapareciendo la cicatriz y quedando como si nada hubiese ocurrido. A continuación se subió a su caballo.

"Recordad, en la Capilla Verde, en un año y un día".

Y se alejó de Camelot. Y mientras el Caballero Verde salía de Camelot montado en su caballo color verde oliva la nieve caía sobre sus hombros y sobre su manto. Y, aún después de que sir Pertelope hubiese dejado aquel paisaje, siguió cayendo durante unos días. En unos momentos, fuertemente impulsado por el viento, la suave nevada se convertía en ventiscas, otras veces, mezclada con la lluvia, se volvía aguanieve, pero, durante unos días, incluso semanas, la ciudad de Winchester, con su castillo, aparecía blanco. Nadie salía del castillo, a no ser impulsado por la necesidad. De esta manera se quedaban en sus casas. Y después de la nieve llegó la lluvia y derritió aquel manto blanco que los días de resol habían dañado a la vista de muchos y el agua inundó la ciudad y bañó los campos. Algunas cosechas se destruyeron, otras, sin embargo, florecieron más que nunca. Y cuando la lluvia empezó a amainar, frenada por esos días de suave sol en que el ambiente está aún húmedo, llegó la Pascua y en ella se volvió a vivir la Pasión de Nuestro Señor, el Cristo. Los hombres ayunaban y en los días de ayuno se abstenían de comer carne hasta el día en que se celebraba la Última Cena, esto es el Jueves Santo. En esos días veíanse por la calle carretas contando la historia del mundo desde el nacimiento de la humanidad hasta el Juíco Final. Cada carreta pertenecía a un gremio. Y cada gremio contaba una historia y entre todos contaban el ciclo completo de la historia del mundo. Los curtidores contaban "La Caída de Lucifer", los pañeros "La Creación" y "La Muerte de Abel", los pizarreros representaban "La Natividad". "La Llegada de los Reyes Magos" era relatada por los albañiles, "La Mujer Adúltera" por los fabricantes de gorros y "El Juício Final" por los merceros.

Cuando pasó la Pascua los árboles empezaron a reverdecer y en los campos a apareer las flores. La naturaleza se llenó de colorido con los rojos, amarillos y blancos de los distintos tipos de rosas, con los violetas de los pensamientos, los blancos de las margaritas, el amarillo de la flor que se mira a si misma, el narciso, con la flor de tulipán, que es como un cazillo sobre un tallo recto, el gladiolo, cubierto de campanillas rojas y otras muchas que no vienen a mi mente. Las gentes empezaron a salir de las casas a las calles. La ciudad de Winchester recobró su aspecto animado. Los comerciantes sirios y de otros países se instalaron en sus calles y las mujeres acudieron a comprar vestidos, joyas y adornos. Llegó luego el sol, mas nunca un sol agobiante, pues en esas tierras nunca hace tanto sol y cuando el sol hubo pasado la naturaleza pareció entristecerse con la caída de las hojas ya marrones, con las flores que se ajaban y morían, con el agua de las nubes, que volvía a caer desde el cielo. Y al final el frío y la nieve y la fiesta de San Miguel y la de Todos los Santos, también llamada Halloween. Y en ese día Arturo y toda su corte hicieron una fiesta de despedida a Gawain, una fiesta en la que abundaban los buenos manjares, una fiesta llena de música y de bailes, en la que los caballeros danzaron, una fiesta en la que había trovadores, malabaristas y actores representando las piezas de teatro más amadas por Gawain. Y al final de la comida y de la fiesta Gawain se irguió ante los presentes y dijo:

"Majestades, caballeros, ha llegado el momento en que debo partir. Vuestra fiesta me ha llegado al alma y me ha hecho olvidar por unos momentos el triste destino que me espera dentro de dos meses, pero de nada sirve pensar en el destino, si triste o alegre, o si es voluntad del Creador. Caballeros, si la Divinidad no quiere mi muerte, me sacará de ésta. Por lo que a mi respecta haré todo lo posible por sobrevivir, pero basta ya de palabras. Por favor, traedme las armas", dijo dirigiéndose a su paje.

Pero aquel día y, en vista de las excepcionales circunstancias, los grandes caballeros de la corte fueron los que se las acercaron. Y, después de despedirse de todos ellos y también de las damas, el mismo rey Arturo y Lancelot le ayudaron a ponerse cada una de las piezas de la armadura. Así todos contribuyeron.

Púsose Gawain primero los escarpines y las grebas, luego las rodilleras de oro y las ajustó con unos hilos del mismo metal. Luego el quijote, que le cubría el muslo. Y quedó vestido desde los pies hasta las ingles. Después la cota de mallas. Le ayudaron a ajustarse luego el peto, en el que relucía la estrella de cinco puntas, también llamado Pentagrama, la Pentalfa Pitagórica, que desde los antiguos tiempos entraña protección, todo fabricado con rubíes, topacios y zafiros de la mejor clase, incrustados en la armadura de oro y la armadura de oro era más gruesa de lo normal, aunque flexible, debido al extraordinario ardor de este caballero. Vinieron después los guanteletes, los avambrazos, los codales o coseras, las brafoneras y espaldarones y, por último, el yelmo. Agarró el escudo con su mano. En él volvíase a ver el pentagrama y por su parte interior una vírgen con un niño en brazos. Así vestido su armadura y él relucían a la luz del sol. Vistieron luego al caballo. Y, una vez hecho esto, montó Gawain en su caballo Gryngallet y partió hacia su destino. Y le dijo Arturo:

"Cuidáos, caballero, porque os necesitamos y sería una gran lástima, un gran desastre perderos. Vos sóis un gran líder de hombres, un gran jefe".

Y cuando hubo acabado Arturo de decir estas cosas pudo verse una sóla lágrima corriendo por la cara de Gawain, lágrima que se evaporó antes de alcanzar la mitad de la nariz. Y, levantando la mano para saludar, se dio la vuelta y se fue y partió hacia su destino. Y todos los caballeros y damas de la corte quedaron apesadumbrados y también Arturo y Merlín. Y un ambiente tenso se mascaba en el aire. Cuando llegó Gawain a la altura del bosque tomó por entre los árboles. Y entre tanta maleza como en el bosque crecía pudo encontrar un camino que llevaba por la orilla del río durante un largo trecho. Solo estaba Gawain entre los árboles y

las plantas, con los animales salvajes y su caballo por toda compañía mundanal y, sin embargo, no echaba de menos a los hombres ni a las mujeres. Solos él, su caballo y Dios, lejos de fiestas y ruidos mundanos. Solo dormía, solo cabalgaba y en soledad hacía el fuego con que prepararse la comida y en soledad dejó el camino del río y tomó otros más interiores y pasó nevadas y lluvias, pero no le preocupaba, porque sabía que antes que los copos de nieve o las gotas de lluvia llegasen a tocar su armadura se habrían derretido. A veces contemplaba el escudo con la pentalfa y la imagen de la virgen y sonreía. Y por una cantidad de caminos, unos al lado de ríos, otros enzarzados, alcanzó el norte de Gales. Allí empezó a ver gente y a preguntar si sabían donde estaba o vivía el Caballero Verde, señor de la Capilla Verde. Y tomando por caminos desconocidos bordeó barrancos y precipicios y caminó lejos de sus amigos, a los que se podía ver en su expresión que extrañaba y luchó con dragones y ogros, algunos altos como un castilo, tuvo que matar lobos hambrientos que lo amenzaban gruñendo, con sus fauces abiertas, mientras mostraban sus dientes afilados. Encontró trolls en los bosques y en los pantanos y vio también otras maravillas como los gnomos de verde gorro, que a la vista de otros mortales resultan invisibles y duendes y ondinas, que viven en las aguas de los lagos y las hadas voladoras que habitan los aires y provocan las tormentas hasta que en la noche de Nochebuena pudo ver un castillo. Lo contempló con fruición, pero se dijo:
"Señor, gran noticia es ver ese castillo, pero está demasiado lejos para alegrarme. Descansaré hoy en este pedregal, en algun sitito que me quede libre de piedras y mañana, siendo las fechas del año que son, ningun caballero me negará el alojamiento". Dichas estas palabras se dispuso a dormir bajo un árbol con una manta por única protección. Y en estas condiciones con todas sus fuerzas rogaba en su corazón y con su boca las siguientes palabras:
"Señor mío y Dios mío, de bondad infinita, tú que eres grande, a ti te ruego que, aunque sólo sea por un día, me des un sitio donde dormir bajo techo". Y con estas palabras en su boca, en su mente y en su corazón, se quedó profundamente dormido. Y, por la mañana, al despertarse, recordó que había soñado y que en sueños

había visto un perro que se le acercaba y se acurrucaba a su lado y un rato después este perro se iba y de allí a poco venía un gigante con un látigo y le azotaba en el hombro y en el cuello "porque me has robado mi perro, que era mío". Y después de recordar el sueño que había tenido se preparó el desayuno con un poco de harina y leche que llevaba en las alforjas y lo aderezó con unas moras que encontró por las cercanías en unas matas de zarza, las cuales hubo de coger con mucho cuidado para no rasgarse las manos con sus pinchos. Y después de desayunar montó en su caballo Gryngallet, le dio dos palmadas en el lomo y se encaminó hacia el castillo. Conforme se acercaba vio que la construcción tenía base circular y sus murallas estaban jalonadas por garitas de vigilancia que partían de un poco más abajo de las almenas por la parte exterior. Y estas garitas estaban unidas dos a dos por pequeñas vías de piedra que iban sobre el patio y lo atravesaban, creando un diseño similar al de los papeles que se le ponen a los roscones de Reyes. Y toda la edificación era de color blanco. Y acercándose a ella Gawain se sacó el yelmo y tocó el cuerno. El portero del castillo apareció en las almenas y Gawain dijo:

"Caballero, mi nombre es sir Gawain de Orkney y ruego vayáis al señor de este castillo y le preguntéis si me concede permiso para alojarme aquí esta noche".

El portero se ausentó un rato, al cabo del cual volvió diciendo: "Podéis pasar, sir Gawain".

Y, en diciendo esto, bajó el puente, el cual Gawain atravesó. El portero le recibió arrodillado en el suelo. Y cuando Gawain llegó al patio del castillo se levantó y cerró de nuevo la puerta. Gawain descendió del caballo. A su lado tenía ya varios caballeros, uno de los cuales tomó su espada, otro su escudo, un tercero condujo su caballo a las cuadras, donde le daría su alimento. Un cuarto condujo a nuestro caballero a la sala, donde todos los que allí se hallaban vestían de armadura. Había también muchas damas con ricos vestidos. Llegó, entonces, el señor de aquella mansión, alto, dentro de lo que se llama estatura normal, delgado, pelo fuerte. Su cara delgada como el fuego y en ella una barba del color de la piel del castor. Iba cubierto con un manto de pieles de armiño que llegaba hasta el suelo.

"Señor, sed bienvenido", dijo. "Ya sabéis que podéis permanecer el tiempo que queráis".

"Muchas gracias", respondió Gawain. "Dios os lo recompensará".

Acto seguido el señor del castillo, saliendo por la puerta, dijo: "Seguidme. Os mostraré vuestra habitación".

Y guió a sir Gawain al piso superior, a la habitación que él mismo le había asignado. Era la habitación una amplia cámara de unos cinco metros de ancho por tres de largo. Las amplias ventanas dejaban entrar la luz a raudales. En medio una cama finamente construida rodeada por unas cortinas color marfil, adornadas con gemas de diversos colores y bordados hechos con hilo de oro y el material de ellas era de hilo de seda color oro y el cobertor sobre la cama era de hilo blanco. Los tapices que cubrían las paredes llegaban hasta el suelo y éste estaba cubierto por una alfombra roja en la que se podían ver grabados armiños, castores y nutrias junto al cauce de un río de aguas puras. En las paredes los tapices mostraban diversas escenas. Entonces Gawain acertó a fijarse en los vestidos ebúrneos que el señor del castillo portaba y que antes, por puro cansancio, se le habían pasado por alto. Le pareció recordar que el castillo, por su parte exterior, era tan blanco como la luna. Llegaron, entonces, dos caballeros, que ayudaron a desvestirse a Gawain de sus ropas de guerra y a ponerse vestidos de lujo, los cuales le ofrecían. Le traían tres vestidos diferentes: rojo el primero, el segundo blanco y el tercero amarillo como el sol. Y ellos venían también vestidos de ricos colores. Uno era alto, rubio y llevaba un vestido blanco. El segundo, un poco más bajo y algo rellenito, vestía de marrón. Y Gawain se dijo en sus pensamientos:

"¡Qué extraño! No hay ningun color verde en este castillo. Parece como si el verde estuviese aquí prohibido. Ni siquiera hay tapices donde aparezca este color. Bueno. ¡Qué se le va a hacer!".

Así que se vistió y bajó a la sala. Y, como era la hora de la comida, ciertos caballeros pusieron las tablas que formaban la mesa sobre los caballetes y sobre las tablas un mantel, un mantel de hilo blanco, que relucía como la luz del sol, hiriendo las pupilas de algunos de los presentes. Y sobre el mantel los platos, platos de fina cerámica, las cucharas, cuchillos y tenedores, todos de plata pura. Y se sentaron a la mesa y pusieron sobre ella todo tipo de viandas: verduras de todas clases, pescados cocinados de varias maneras, carnes blancas y rojas, algunas de ellas con salsas, otras pasadas a la plancha o fritas; algunas cocidas, otras hervidas.

"Señor, os agradezco todo lo que estáis haciendo por mi, pues venía cansado del camino y necesitaba recuperar fuerzas, pero debido a todas estas viandas pronto estaré repuesto y, además, está la cómoda habitación en la que me habéis alojado, en la cual podré descansar esta noche".

Y estando todos sentados a la mesa el señor del castillo le preguntó:

"A cambio de vuestra hospitalidad, decidnos quién sóis, de donde venís y qué hacéis por nuestras tierras".

"Mi nombre es Gawain. Mi padre fue el rey de Lothian y Orkney y yo pertenezco a la corte del noble Arturo. Vengo en busca del Caballero Verde, señor de la Capilla Verde, con el cual estoy citado el día de Año Nuevo".

El señor del castillo sonrió y dijo:

"Señor, la Capilla Verde está cerca de aquí, a dos millas escasas de camino. Descansad y deleitáos".

Hablaron de muchas cosas de las que nada diremos para no dilatarnos y que, además, nada hacen a nuestra historia. Y llegaron a los postres. El mayordomo puso en la mesa helados, tartas y dulces de varios tipos. Y el señor del castillo:

"Supongo, caballero, que os quedaréis al baile".

Y Gawain:

"Por supuesto".

Levantó el mayordomo la mesa con dos ayudantes. Cuando la sala quedó libre aparecieron los músicos, que se fueron colocando a un extremo de la sala y empezaron a afinar sus instrumentos y cuando ya estaba todo preparado las damas y caballeros ocuparon sus puestos y empezaron a bailar al mismo tiempo, pero, al poco, algunos decidieron dedicarse a diferentes actividades.

Había entre los caballeros unos cuantos que miraban a las damas, que observabansus hermosas hechuras y había damas que los observaban también a los caballeros, que miraban descaradamente, para ver si respondían a sus expectativas, que prestaban atención a los que hacían con sus manos y sus pies. Entre estas damas se hallaban dos que, riéndose, paseaban por la sala mirando descaradamente a Gawain, recorriéndole con la vista de arriba abajo.

Era una de estas dos damas que no sacaba a Gawain la vista de encima alta, mas no espigada. Sus brazos delgados, su cuello de cisne, sus piernas no demasiado desarrolladas como las de un guerrero. Su piel era sonrosada, la faz redonda, delgada la nariz, largo el pelo de ébano, almendrados los ojos marrones, unos ojos que producían seguridad. Bajo la mirada de Gawain el cuerpo de la dama tembló, insinuándose al caballero. Estaba esta dama acompañada de una segunda, a la que Gawain en sus pensamientos denominó la Dama Negra, no por el vestido negro que, afortunadamente tapaba todo su cuerpo ni por sus ojos como el ébano, sino, más bien, por su piel que, además de acartonada y arrugada, tenía un tono entre marrón y negro y que producía una sensación desagradable. Sus labios eran de un cierto azul oscuro, mortecino, como si la sangre se hubiese coagulado en ellos, la nariz más bien ancha y robusta.

Gawain se sintió atraído por la primera y repelido por la segunda. Las amplias formas de la primera, que se insinuaban bajo su marfíleo vestido, hacían que toda su sangre hirviese. Durante toda aquella tarde los caballeros bailaron y mantuvieron conversacines corteses, pero Gawain se alejó de aquella damas.

"Ciertamente esa dama es muy bella", pensó "y eso la hace muy peligrosa. Además no sé si está soltera, casada o si es viúda. Tal vez esté prometida y su novio sea celoso. Además, con un duelo dentro de unos días, no creo que sea prudente tener un asunto con ella. Podría ser peligroso. Luego estaría uno o dos días cansado".

La hora de la cena llegó antes de lo pensado y después de cenar nuestro caballero se dirigió a su lecho. Un servidor del castillo le acompañó con una antorcha en la mano y, renunciando al privilegio de ser desnudado por servidores, se quitó las ropas él mismo y, metíendose en la cama, se quedó dormido de inmediato. Y por la mañana...

"Curioso sueño", se dijo, poniendo las manos tras la nuca, "dos tigres en una fiesta, uno de ellos blanco y el otro azul oscuro, con rayas negras. Y el tigre blanco llevaba un cuchillo en la mano y con el cuchillo quería castrarme. Y luego tuve otro sueño: en una fiesta había un hombre con un látigo y ese hombre salió del castillo y se fue al medio del bosque y entonces llegué yo adonde él estaba y él me sacudió con el látigo en el cuello y me hizo daño, pero no me mató. Curioso sueño. Creo que no me ocurrirá nada irreparable",

Y, mientras Gawain se encontraba en el Castillo Blanco, en la corte de Arturo, en Camelot, el rey se hallaba reunido con sus barones en la sala del trono y Merlín estaba con ellos.

"Me pregunto", decía Arturo, "qué tal estará Gawain. Hace ya casi dos meses que se fue y no sabemos nada de él. ¿O acaso alguno de vosotros sabe algo?".

Se hizo un silencio en la sala. Nadie respondió. Entonces levantó Merlín su voz para decir:

"Rey Arturo, si yo fuera vos, no me preocuparía, pues Gawain se encuentra bien. En estos momentos está pasando unos momentos de gran felicidad en el Castillo Blanco, que algunos llaman "El Castillo Engañoso".

"Pues que vos me lo aseguráis...pero debemos resolver un problema atrasado. ¿Qué hacemos con los monjes que fueron echados de Lindisfarne?".

"En mi opinión, señor", dijo Mador, "si han sido expulsados de Lindisfarne, no les deberíamos conceder otro lugar para su asentamiento".

"Soy de la misma opinión", dijo Bawdwin.

"Y yo", añadió Lucan.

"En vista de ello se les deniega la petición de un nuevo lugar de asentamiento para su nuevo monasterio, por ser sospechosos de fornicación".

Llegada la mañana el señor del castillo se levantó y, después de haber tomado el desayuno, se vistió y oyó misa junto con los otros caballeros. Inmediatamente después ensillaron los caballos. Habría, en total, unos ciento cincuenta caballeros, montados cada uno en su respectiva montura, sin contar los de sus asistentes. Llevaban una jauría de perros. Sonó, entonces, el señor del Castillo Blanco el cuerno y toda la compañía echó a andar hasta que llegaron a las estaciones de caza. Allí se apartaron unos cuantos. Olfateaban los perros donde podía haber un ciervo y cuando el ciervo había aparecido los sones del cuerno de caza empujaban a los perros a acosar a su presa. Y desde los caballos los caballeros con sus ballestas lanzaban flechas al ciervo y también lo acosaban con sus lanzas. Defendíase el ciervo con sus astas y hería con ellas a más de uno, pero, aún así, los señores lograron matarlo. Más adelante persiguieron a más animales de esta especie, de los que muchos escaparon. Y, mientras los señores se dedicaban a la caza, ya en el medio de la pradera, ya bordeando las lindes del bosque, Gawain despertaba en su habitación. Y mientras salía ligeramente del sueño, dándose cuenta que la luz del sol entraba por la ventana, la puerta de su cuarto se abría. Silenciosamente una silueta, no podemos decir una sombra, porque el sol iluminaba desde la ventana, penetraba en la habitación. Era una silueta de mujer, vestida de color rojo, con un traje que le llegaba casi hasta el suelo. Gawain, casi despierto, no pudo evitar fijarse en ella. Entonces la silueta de mujer dejó caer el traje y se introdujo en su cama. Al contacto con el cuerpo femenino Gawain despertó, dándose cuenta de que una dama ocupaba parte del sitio que antes tenía para él solo. Y sin que le diese tiempo a reaccionar ella empezó a juguetear con sus labios de manera que pronto lo despertó con un beso. Unos momentos más tarde Gawain se dio cuenta, pues ya había despertado, de a quien estaba besando. Y a pesar de que Gawain se resistía pasaron juntos toda la mañana y al mediodía ella le dijo:

"Sir Gawain, vos sóis honrado por damas y caballeros dondequiera que pasáis y ahora estábais aquí. ¿Cómo no iba a aprovechar?".

Y después de despedirse cual se separaron. El caballero llamó a su chambelán, quien le ayudó a vestirse. Durante el resto del día Gawain rehuyó a la dama, por razones de prudencia. Mientras las dos damas pasaron el resto del tiempo riendo, sonriendo y echando miraditas a Gawain en la lejanía en el campo los cazadores sacaron la piel a los ciervos. Cortaron primero la cabeza a los venados. Luego, haciendo una incisión en la mitad del pecho, llegaron hasta el sexo del animal, el cual rodearon con cuidado para no estropear la piel y fueron separando cuidadosamente la piel con el cuchillo hasta llegar a las patas. Aquí hicieron una incisión en cada una de ellas por la parte interior, desde donde se une el tórax del animal hasta la pezuña, la cual cortaron. Una vez despellejadas el pecho del animal y las patas el trabajo se hizo más fácil. Pusieron las reses sobre los caballos y enfilaron hacia el castillo, adonde llegaron a la caída de la tarde. Allí cogieron unos cestos de mimbre. Colocaron la cabeza de las bestias en el suelo y, a su lado, las pezuñas que habían cortado. A continuación extrajeron la garganta y el esófago por la parte superior y con un afilado cuchillo la cortaron en trozos de mediano tamaño. Separaron luego las cuatro patas, cortándolas con cuidado por el lugar en que se unen con el tronco, deslizando el cuchillo. Extrajeron las entrañas, luego el pecho y los lomos, que dividieron, primero en flancos y luego cada uno de ellos en trozos más pequeños. La cola cortaron. Dividieron las patas y cuando hubieron dividido todo el ciervo en trozos fácilmente manejable comenzaron con el siguiente. Y uno tras otro hasta realizar la tarea con todas las piezas que habían cazado. Una vez amontonada la carne dieron su parte a los perros, que esperaban ansiosamente su recompensa, dejaron las sobras a los cuervos, recogieron los cestos con las carnes y las pieles y se fueron al comedor, donde les estaba esperando una cena caliente y humeante. El señor y su dama, Ligeia, se sentaron en un extremo de la mesa, Gawain casi en el opuesto y después de la cena y de un agradable coloquio se despidieron y se fueron a dormir cada uno a su habitación. A la mañana siguiente, con el canto del gallo, los caballeros se levantaron, desayunaron, oyeron misa y salieron nuevamente con sus perros a cazar. Esta vez se dirigieron al pantano con la intención de cazar jabalíes. Los cazadores empujaban sus perros ya con el sonido de sus cuernos ya con el de su voz hasta que encontraron un jabalí, que se hallaba cerca del río. Los perros lo rodearon. El animal se defendía dando cornadas a diestro y siniestro y en su lucha hirió a más de un perro. Mientras, los cazadores se acercaban con sus lanzas y un ballestero montó su arma y de un flechazo mató al animal.

Mientras tanto la dama abría de nuevo la puerta del cuarto de Gawain. Nuevamente se quitaba el vestido y de nuevo se introducía en el lecho de nuestro caballero, quien, ya despierto, le esperaba, su cuerpo desnudo en el lecho.

"Buenos días, caballero".

"Buenos días, señora".

Y continuaron sus juegos del día anterior. Y así pasaron el día, ya en cama ya en el campo, mas siempre lejos de la mirada de los otros. A la caída de la tarde llegó el señor del castillo con el jabalí ya deshollado y procedieron a cortar la carne como el día anterior habían hecho con la de ciervo. Y a la hora de la cena:

"Sir Gawain", dijo, "¿Os quedaréis un día más?".

"Me temo que no. Mañana es el último día de año y al día siguiente por la mañana he de enfrentarme al Caballero Verde".

"Y os enfrentaréis, os lo aseguro, pero no tengáis prisa en iros. Ya os he dicho que la Capilla Verde está a escasas dos millas de aquí".

"No sé si será prudente".

"Insisto en que os quedéis".

"Agradable es bastante esta casa".

"Entonces ¿cuál es el problema?".

"Ninguno".

"Entonces ¿Os quedaréis?".

"Me quedaré".

El señor del Castillo Blanco sonrió y miró a su esposa, quien también sonrió. Acabada la cena bebieron y bailaron hasta que llegada una hora prudente se despidieron y se fueron a la cama. Al día siguiente, cuando el gallo cantó, los caballeros se levantaron y, como en días anteriores, desayunaron y oyeron Misa. Posteriormente montaron en sus caballos y se fueron. Esta vez eligieron el monte por escenario de sus cacerías, pues "queremos ver si podemos acabar con un zorro o dos". Nuevamente jalearon a los perros con los cuernos de caza y con sus voces. A la mitad del día avistaron un zorro. Perisguiéndole lograron acercarse a él, pero el cánido se refugió en su madriguera. Dejando sólo el hocico fuera miraba amedrentado. Los jinetes dieron un par de vueltas a caballo por allí. Entonces uno dijo: "Hagamos humo para que tenga que salir de su madriguera" y prendiendo fuego a una antorcha de madera muy húmeda cerca de donde el zorro se hallaba asustaron al animal que, disuadido de quedarse allí, escapó, pero por otra de las oquedades que su casa tenía, pues es bien sabido que las madrigueras de los zorros tienen varias entradas, que entre sí se comunican. Y mientras el zorro huía nuestros caballeros hubieron de reaccionar y echar a correr tras él y decían: "¡Que se escapa, que se escapa! Al fin, después de mucha persecución, lograron acorralarlo y con varios tiros de ballesta lo mataron. Cuando le quitaron la piel el animal quedó desconocido. No se hubiese dicho que es lo que era. Mientras tanto la dama Ligeia volvía al cuarto de Gawain.

"Hoy es el día de la despedida, caballero".

"Triste día, sí, señora".

"Es mejor así, creedme. No os gustaría continuar por mucho tiempo en esta casa".

Aquel día los juegos se hicieron especialmente ardientes. Y al final de los juegos la dama propuso a Gawain:

"Señor, dadme una prenda, que me quede el recuerdo de vuestro amor. Un pañuelo, una medalla, algo".

"Aunque quisiera no sería posible, pues no he traído nada que pueda daros".

"Por favoooor...".

"Pero es que no tengo nada".

"En ese caso lleváos este anillo de oro. Os hará invisible en caso de peligros".

"No puedo aceptarlo. ¿Qué os daría a cambio?".

"Ya me habéis dado suficiente".

"Dama Ligeia, por favor".

"Entonces este ceñidor. Es de cuero recubierto de seda verde. También tiene el don de la invisibilidad. Así el Caballero Verde no podrá nada contra vos".

"Dama Ligeia, en cualquier otra situación o en peligros demasiado grandes, yo os diría que sí, pero en la presente situación me parece innoble".

"Yo no creo que sea nada innoble, caballero, pero si no queréis usarlo, lleváoslo, al menos como recuerdo de lo que aquí sucedió. Y si no queréis usarlo en este momento podrá sacaros de otros problemas. No es necesario que lo utilicéis ahora mismo, pero si no os lo lleváis no podréis usarlo nunca".

·En eso lleváis razón".

Y dicho esto cogió el cinturón y lo guardó. Más tade el señor del castillo llegó con sus caballeros y fueron a cenar y, aunque había baile después de la cena, Gawain se retiró pronto a dormir. Por la mañana se vistió con su armadura, montó en su caballo Gryngallet, y partió en busca de la Capilla Verde acompañado por un ayudante que el señor del Castillo Verde le concedió.

"Así que vos sóis el que me váis a guiar. Así que sabéis donde está la Capilla Verde".

"Bien lo sé, señor. Muchas veces he pasado por allí y cada vez que he de hacerlo me entra terror, pues su dueño, el Caballero Verde, es un gigante que tiene la fuerza de diez hombres y cuando está en la Capilla Verde es cuando cobra su verdadera fuerza, cuando tiene todo su poder. Si yo fuera vos, señor, no iría. Incluso si tuviera un trato o un desafío. Es un gigante realmente terrible y no os dejará salir vivo de allí".

"Muchas gracias por la información, pero donde los demás mueren diez veces Gawain sobrevive con honor. Un caballero de la Tabla Redonda debe saber sobrevivir en las peores condiciones".

"Ay, señor, los caballeros de la Tabla Redonda también mueren, pero, si queréis allegaros a la Capilla Verde, sabed que se encuentra muy cerca de aquí. Sólo tenéis que seguir por este camino y muy pronto estaréis allí".

Y Gawain y su acompañante se despidieron y cada uno siguió su camino y al poco vio una carreta al lado del camino, una carreta cuyo volquete era del tamaño de una habitación y otro tanto sus ejes. Las ruedas tenían el tamaño de una rueda de molino tres veces más grande de lo normal.

"Dios mío", dijo Gawain. "Esta carreta es más grande que la puerta de un castillo. Pues, aún así, seguiré".

Según iba avanzando el camino, los árboles se agrandaban, los troncos cobraban cada vez más un color verde negruzco, las líneas de sus cortezas y sus capas tomaban unas formas fantasmagóricas. De repente el camino se estrechó y los árboles cesaron, dejando paso a una hierbas asquerosas que crecían a cada lado del camino, dando paso a un verdadero fangal a través del cual sólo se podía cruzar por un estrecho sendero. Gawain avanzó decidido, pero cauto. A unos pasos de donde estaba el lodazal hervía con burbujas de barro. Las escasas hierbas que se veían, de un color verde oscuro, casi negro, se hallaban a menos de diez metros. El estrecho sendero acababa a la puerta de una capilla de piedra musgosa, cuyas puertas de madera se hallaban cerradas. Gawain se acercó, abrió la puerta y entró. A cinco metros escasos de la entrada se abría la boca de una inmensa cueva y en la cueva un altar musgoso de piedra, irregularmente tallado. Sobre él dos candelabros medio oxidados, un gato negro degollado y unos muñecos de paja con espinas negras clavadas en ellos.

"Dios mío", exclamó. "¿Adónde he venido? Parece un altar consagrado a los demonios y ésta la casa del diablo mismo. En cuanto llegué a este paraje se me heló la sangre. He perdido la visión del mundo de asqueroso que esto está. Parece como si el diablo en persona me hubiese citado aquí para destruirme".

Observó entonces una especie de charco tras el altar. Avanzó, superándolo, y vio que no era un charco natural, sino un hueco en el que se había incrustado un pote de cobre que posteriormente se había llenado con agua. Y el agua estaba corrupta. Y a su lado un taburete de madera verde. Sentóse en él y descansó su vista en el agua. Al poco unas imágenes empezaron a tomar forma. Pudo, entonces, ver Camelot, la sala del trono y a Arturo en él. Se percató de que aquellas imágenes respondían a lo que estaba ocurriendo en el castillo y se dijo:

"Dios mío, me han traído a una trampa. Ésta es una capilla de desastres, una capilla en la que el diablo oficia sus maitines y sus vísperas, en la que los demonios ofician sus misas negras y los hechiceros se reúnen para realizar sus conjuros. Penoso es éste oratorio rodeado por la desolación, en el que lo único que crece es el mal y en el que el único culto es el del demonio. Este Caballero Verde es el Enemigo mismo, el diablo que tentó a Nuestro Señor en el desierto y me ha traído aquí para destruírme. ¡Capilla de desastres! ¡Lugar ignominioso! Dios te maldiga y no quede de ti piedra sobre piedra".

Miró, entonces, a las paredes de la Capilla Verde y pudo ver en ellas las cabezas no de animales como corzos, ciervos o jabalíes, sino de hombres que habían sido disecadas. Aquí uno con una expresión de miedo, allí otro que mostraba una sonrisa de alegría, como si hubiese sido muerto realizando alguna acción divertida, un tercero con unos ojos de asombro, que se mostraba también en su boca, como si pensase que no lo iban a matar. Y así uno tras otro hasta llenar las paredes de la Capilla Verde.

Se oyeron, entonces, unos pasos que hicieron retemblar la tierra y se sintió una presencia terrible que hacía entrar escalofríos, una presencia que enturbiaba el ya de por sí terrorífico ambiente y una voz de trueno dijo:

"Sed bienvenido, señor, a este templo del Mal que habéis adivinado. Habéis aceptado el desafío y acudido a vuestra cita. Preparáos a recibir el golpe final, el que os mandará al otro mundo de una vez por todas".

E, inclinando su cabeza hacia atrás, comenzó a reir como un loco.

"Señor caballero, es a mi pesar que estoy aquí".

"Dejáos de cortesías y poned vuestro cuello, pues es vuestra cabeza el trofeo que quiero colgado de mi pared".

"Mantendré mi promesa".

Apenas había dicho Gawain estas palabras cuando el Caballero Verde cogió su enorme hacha, que debía medir un metro y medio sólo el mango, y descargó su filo sobre el cuello de Gawain, que viendo venir tan sobrecogedora arma, por instinto, agachó su cabeza y sus hombros.

"¡Avergonzáos, sir Gawain!". Que deberíais ser llamado sir Coward, pues habéis retirado la cabeza. Vos no sóis sir Gawain, sino algun facineroso hallado al borde del camino que se quiere hacer pasar por él. Así, pues, poned vuestra cabeza nuevamente".

Y antes de que nuestro caballero tuviese tiempo a afirmarse en el suelo descargó un nuevo golpe que pasó a media cuarta de su cuello.

"Os habéis movido", dijo.

"No, señor, que he permanecido impasible".

"Habéis de dejarme un tercer golpe".

Esta vez el gigante subió el hacha hasta más arriba de su cabeza. Sus brazos se tensaron. Su vista se clavó en el cuello de Gawain. Sus piernas se adhirieron a la tierra. Los músculos de sus brazos y sus piernas sobresalían como cables tensados. Gawain permaneció inmóvil, los pies fijos, pegados al suelo, la mirada arrogante clavada en el hacha. Los músculos en tensión. El ambiente era tenso, incómodo. De repente el gigante descargó un golpe con toda su furia. Gawain ni se movió. El filo del hacha rozó el cuello, levantando la piel.

"Habéis fallado, caballero. Por tercera vez habéis fallado y yo no pienso consentiros ni un arañazo más. Al siguiente golpe que descarguéis sobre mi responderé, aunque me cueste la vida".

"No habrá ningun golpe más", dijo el de verde. "no habrá ninguno más. El primero fue el que os debía a cambio del que me dísteis. El segundo fue a cambio de los besos que le dísteis a mi esposa y el tercero por ese cinturón que lleváis ceñido a la cintura, que, como ya habréis comprobado, no os vuelve invisible. Ésta ha sido una trampa para destruiros, una trampa para hacer daño al rey Arturo y a su esposa, Ginebra, una trampa en la que habéis caido y a la que habéis venido como un corderito, lo mismo que se la puse a todos esos que tienen sus cabezas colgadas en mi pared. A unos los cacé en una cacería. A otros los cité aquí como a vos y les hice el mismo trato".

"Decidme, señor, ¿Quién sóis?".

"En esta tierra me llaman Bertilak de Haudesert, aunque el mundo me conoce como Pertelope y he sido puesto aquí por Morgan le Fay, que en mi casa se haya. Ella aprendió sus mágicos poderes de Merlín, pues mantuvo un romance con tan poderoso mago, y me puso aquí para destruiros y para hacer daño a la reina Ginebra y así acabar con el reinado de Arturo. Y ahora os conjuro a que vengáis a mi casa y abracéis a vuestra tía y os unáis a nosotros".

"No, señor. De ninguna manera besaré yo a mi falsa tía, Morgan le Fay, pues es una de las más grandes hechiceras y la mayor enemiga de mi amado tío, el rey Arturo".

Y, sin devolverle el cinturón ni despedirse, retrocedió Gawain hacia su caballo sin perder de vista la cara ni las manos de Bertilak. Puso el pie en el estribo, montó en su caballo, Gryngallet, y, saliendo de la Capilla Verde, cruzó el pantano mientras Bertilak le arrojaba lanzas y flechas y conforme iba caminando por el bosque los árboles se volvían más verdes, lo mismo que la hierba. Las flores iban apareciendo, el aire se volvía más puro y el sol brillaba con más fuerza hasta que al final, superando todas las dificultades, abandonó estas tierras y, después de descansar en una posada donde le trataron con el máximo respeto, se dirigió a Camelot, donde se le recibió con todos los honores y el rey Arturo ordenó que se le hiciese unas gran fiesta en la que estuvieron presentes todos los caballeros de la corte y en la que se comieron todo tipo de manjares y se bebieron todo tipo de bebidas y hubo música y baile, un baile que se prolongó hasta a bien entrada la noche. Y para que quedara constancia de esta aventura los escribanos de la corte tomaron nota de todo lo que había ocurrido y lo pusieron por escrito.

LA LOCURA DE MERLÍN

DESOLACIÓN

Todo era silencio, lo único que se oía era el silencio, un silencio aterrador que taladraba los oídos, pues en él no se oía ningun pájaro, ningun riachuelo ni ninguna forma de vida. Era el silencio que se oía tras el fin de una batalla. El campo se hallaba cubierto por una gran extensión de muertos, pues había habido una gran batalla. Todo se encontraba oscuro, todo eran restos. Los hombres se encontraban al lado de sus armas, que se hallaban rotas o partidas. Algunos caballos aún estaban vivos y huían de aquel lugar de muerte, pero otros muchos habían perecido. Entonces se pudo ver una figura emerger entre todas aquellas sombras. Era Merlín, que surgía de la nada y caminaba por el campo de batalla lleno de muertos y entre ellos al tiempo que se quejaba de lo que veía.

"Muerte", decía con voz quejumbrosa, mientras por otra parte de aquel lugar se veía la figura de otro hombre que, a lo que parecía era un noble, pues llevaba una coraza de hierro y signos de su nobleza en ella. Era alto, ancho y bajo el yelmo, que aún llevaba puesto se adivinaban unos ojos de mirada profunda y unas cejas pobladas, algo canas, que hablaban de su edad. Y mirando lo que tenía delante de sus ojos dijo con voz quejosa: "Desolación".

Merlín, por su parte seguía quejándose, hablando en voz alta, sabiendo que nadie le oía: "¡Peredur! ¡Güenolao! ¡Vosotros dejásteis toda esta terra devastada!. Ya nada se puede hacer por estos hombres que quedaron en la tierra. Su sangre riega todo este terreno y ya nunca más se levantarán".

El noble, que se hallaba lejos de Merlín, iba caminando mientras decía: "Peredur y sus hermanos pelearon tanto contra el enemigo que hicieron caer miles de vidas".

Los dos hombres parecían no verse ni hablarse el uno al otro. Sólo andaban y miraban lo que ocurría en el campo. Mientras tanto Merlín:

"Ay, amigos míos", decía Merlín levantando un cuerpo prestando atención a ver si lo conocía, "¿Dónde se fueron?" y levantó otro cuerpo, al que miró descuidadamente. "Dejásteis esta vida por las espadas" y coge una de estas espadas que había quedado al lado del guerrero y la contempló mirando su hoja para pasar luego a dirigirse a los vivos, que se hallaban ausentes como si pudieran escucharlo. "Compañeros, ¿Dónde estáis? Recoged estos cuerpos y enterrádlos". Como si lo hubiese oído apareció un hombre y arrastró un cuerpo, mientras Merlín añadía: "Que la muerte no se extienda por la tierra". El hombre pareció no escucharlo, pero continuó con su tarea enterrando al hombre y luego a otro y a otro más, pero la tarea era interminable, pues el número de muertos, sin ser infinito era muy elevado y el hombre sólo uno.

Con cara de haber pasado una gran catástrofe Merlín se dirigió al castillo y, más concretamente al comedor, donde se sentó a la mesa, que ya estaba puesta. Momentos después entró un sirviente con una bandeja llena de manjares que puso sobre la mesa y le preguntó:

"Mi señor, ¿No queréis comer?".

A lo que respondió, laconicamente: "No".

Señor, dijo el sirviente intentando complacerele "Tenéis carne de cordero asada con patatas fritas, que tanto os gusta".

Pero Merlín simplemente replicó "No", con una negativa tan absoluta que no dejaba lugar a dudas, sin embargo el sirviente se vio en la obligación de insistir:

"Señor, hay Sardinas y mariscos de Galicia, los mejores".

"No", respondió el mago.

"Los hemos traído expresamente para vos".

"No tengo hambre", dijo Merlín enfadado.

"¿Y el postre?", intentó tentarlo el sirviente.

"No me apetece. He visto demasiadas cosas hoy, demasiada tristeza y se me ha cerrado el apetito".

"Es piña del país", intentó seducirle el sirviente.

"Ya te dije que no tengo hambre", dijo totalmente enfadado.

"¿Ni siquiera manzanas y peras, ni higos? Son del Norte de África"

"No insistas, continuo sin apetito. Saldré a pasear por el bosque. Ay, me cogió la desgracia. Mi situación es terrible. Mis amigos muertos. No puedo quedarme en casa. Mis recuerdos son muchos", dijo con voz triste, recordando todo lo que había visto aquel día y los días anteriores y dándose cuenta de que no podía hacer nada contra la muerte, que no podía recuperar a sus amigos.

Merlín estaba herido. No había recibido ningun impacto de flecha ni de hacha ni de lanza, pero estaba herido por una herida mucho más profunda, la herida de los sentimientos rotos, de la separación forzada y abrupta.

Y con esta actitud salió del comedor del castillo y se internó en el bosque paseando entre los árboles y las hierbas con la cabeza baja. Pasó el tiempo, no mucho, pero sí algo, lo suficiente para que se notase la ausencia de Merlín, por lo que en un determinado momento en una sala del castillo un sirviente se hallaba pensativo. Era el sirviente ni gordo ni delgado, alto más no demasiado. Sus ojos azules se mostraban tristes, pues habían perdido su brillo. Su pelo estaba algo despeinado.

En resumen toda su figura mostraba preocupación por lo que hubiera podido ocurrirle a su señor, pero, aunque preocupado, se dijo en voz alta: "Tres días hace que nuestro señor desapareció. Se interno en el bosque e quien sabe donde está. Tanto anduvo por el bosque que puede ocultarse sin que nadie conozca su paradero, mas debo seguir. Debo volver al trabajo. No puedo quedarme aquí todo el día lamentándome".

Y se dirigió a los aposentos reales y se dedicó a limpiarlos y adecentarlos para cuando su rey volviese, de manera que lo pudiese encontrar todo limpio, aseado y en la misma forma en que estaba cuando se marchó.

En esos momentos en un bosque Merlín va andando por entre los árboles de diversas clases: Avellanos, castaños, robles, que lo rodean apareciendo a un lado y a otro. Cuando llega a un calvero lo recorre con la vista y ve que hay sobre la hierba pequeñas ramitas de árbol y hojas, pero sobre todo destacaba el tronco de un árbol de un tamaño suficiente para sentarse. Toma asiento, pues, y luego de descansar un rato, se agacha y recoge unas semillas y avellanas caídas en el suelo, se acerca a un castaño, del que coge castañas. Después recoge leña de una parte y de otra, la junta y comienza a hacer fuego, pues se va haciendo de noche y el tiempo comienza a enfriarse, al tiempo que se da cuenta que ya existían unas cenizas sobre las cuales él intenta encender el fuego.

"Ya tengo para pasar la noche. Me ensucié con todas estas cenizas" dice mientras se sacude, "Sin duda algun viajero descansó aquí por un tempo".

En el interior del castillo dos sirvientas hablan

"Ya estamos a mitad del verano, Constance", dice la primera "y hace tres semanas que nuestro señor desapareció".

"Y esto tiene pinta de que va a continuar así por mucho tiempo, Beatris", dice la otra.

"Estoy preocupada, pero no se donde buscarlo, ni siquiera sé donde puedo sugerirle a alguien que lo busque".

"Sí. El bosque es grande, los árboles muchos y los animales...algunos peligrosos. ¿Cómo vamos a saber en que parte del bosque se encuentra. Tal vez se halla ido a alguna ciudad. Y no sabemos a cual. Hay tantos lugares a los que se puede dirigir", dijo Constance.

"Incluso puede que se hiciese amigo de alguien o de algun animal de los que pululan por el bosque".

"Puede ser".

Pero Merlín se encuentra sentado en el mismo tronco donde estaba la noche anterior después de haber dormido tumbado en el suelo arropado por una manta improvisada con hojas de árbol. Está observando la naturaleza mientras levanta la mano y señala, diciendo:

"El ciervo corre delante de mi sin miedo. Parece que va a quedarse quieto y yo no voy a moverme ni un dedo. No quiero ni respirar para no quiero asustarlo". Y diciendo esto mira hacia su izquierda, por donde ve aparecer un animal pequeño "La liebre pasa a todo correr", dice reconociéndolo. Y luego mira hacia su derecha, hacia su izquierda y posteriormente sube su mirada hacia los árboles y se queda quieto orientado hacia ellos sus oídos. Después, quieto como las hojas de un árbol dice: "El ruiseñor canta y los mirlos están por todas partes. Comida no ha de faltar, pero en este momento, con la barriga llena, me voy a deleitar en sus movemientos y en su hermosura".

En el castillo se encuentra la bella Güendolena, su mujer, de rostro redondeado, de cabellos rubios y caracoleados, de ojos entre verdes y azules, según incidiese en ellos la luz del sol. Su túnica dorada la hacía brillar aún más, lo que era difícil, pues en sus mejillas llevaba el resplandor de las rosas. Se encontraba en su habitación, frente a su tocador, con el lecho al fondo, un lecho con baldaquino y unas cortinas colgadas alrededor. Y mientras jugaba con su ensortijado pelo se quejaba:

"Te extraño, Merlín, tu presencia. Y tú sólo piensas en ti y en nadie más. ¿Y qué hay de mi? ¿No ves que enloquezco por ti? El bosque te protege con ese manto vegetal, hecho de hierba y adornado con manzanos, perales, avellanas, ramaje y flores y habitado por multitud de seres desconocidos. ¿Qué es de ti? ¿Dónde fuiste? ¿Estás durmiendo en una cueva? ¿O tumbado encima de las cenizas de alguna antigua hoguera? En el bosque se escucha los pájaros trinar, trinos que van desvaneciéndose hasta llegar al silencio, seguido por el sonido del viento, que ulula y se mueve despacio al tiempo que caen las hojas de los árboles, que se tranforman en una alfombra que cubre el suelo de tierra. Las flores comienzan a desaparecer y todo va tomando un ambiente triste, pues el sol también empieza a dar una luz grisácea y el calor es cada vez menor. Es tiempo de otoño. Pero Merlín continúa en el bosque, moviéndose de un lado a otro para no ser localizado y continua allí durante varios meses, incluso en invierno, de manera que la escena en un determinado momento muestra un paisaje de pinos, robles y hierbas marchitas. El suelo está cubierto por la nieve y poco se puede recoger de los árboles. Tamoco frutas. Los animales han desaparecido. Merlin coge una manta y se la echa por encima, aún así en sus movimientos se ves una expresión de frío.

"Ya pasó el verano. Los ciervos se esconden, los osos se meten a hibernar y duermen hasta la llegada de la primavera. No se ven tampoco los conejos. Incluso los lobos desaparecieron y solamente se escucha, en la noche, su aullar. Las golondrinas emigraron. Ni cabras veo en la espesura". Entonces Merlín va de un lado para otro del bosque caminando como un mendigo, como un hombre sin nombre, como un desconocido que se oculta, con la intención de que no se perciba muy bien quien es en caso de que se encuentre con alguien. Llegado a un calvero se sienta y escucha quejas entre el ramaje, quejas que vienen de no sabe muy bien donde. Un poco más atrás alguien dice:

"¿Qué es eso? ¿Será el viento que zoa sobre las hojas?. Es un hombre, un salvaje con la melena hasta la cintura, la barba larga, enmarañada, como si... mira".

El que esto dice es un hombre bien vestido, con una túnica de rayas verticales de colores blanco y azul y unos pantalones de color rojo. Es de tez morena, pelo ne---

-gro, ojos del color de las avellanas, labios rojos, nariz alargada y mejillas del color de la rosa. Ha dicho estas palabras mientras miraba a través de los arbustos. Merlín, dándose cuenta de que es observado y de que alguien murmura a sus espaldas, huye con la espalda encorvada y echándose la manta por encima de la cabeza. De esta manera se interna entre la maleza por el lugar en que esta deja menos a la vista. "Que no me vea en este estado", dice. "¿Huye? ¿Por qué?", dice sorprendido el caminante. "Tal vez sea una persona de importancia. ¿O será un ladrón o un delincuente? Pues el bosque está poblado por innumerables seres que tienen muchas razones para esconderse. De lo único que estoy seguro es de que es humano", dice mientras avanza hacia él con intención de hablarle, pero Merlín sigue huyendo y desaparece:

"No puede ser que un rey se muestre de esta manera a sus súbditos", dice. Y se pierde de vista.

"Si no puedo hablar con él, volveré al sendero de donde salí para poner rumbo a Glasgow, adonde iba".

Al poco se encuentra con otro caminante que viene de Glasgow por el mismo camino que él, pero en sentido contrario. Entablan conversación y dice uno de ellos:

"Buenas tardes, amigo. Mi nombre es Agathon".

"Buenas tardes. Yo soy Alban. ¿De dónde vienes?"

"De Cumbria, de la tierra del rey Rodarco".

"¿Y qué noticias traes?".

"Se dice que Ganieda", contesta Agathon, "la hermana de nuestro rey, está infeliz desde que él desapareció, y ella ordenó a muchos de sus sirvientes que lo buscaran en las tierras más apartadas, en los desiertos, bosques y selvas de Calidón. ¿No viste a nadie, por casualidad?

"No sé muy bien lo que vi", responde Alban, "pero que vi a alguien es cierto. Era un hombre de edad indescifrable, que me rehuyó".

"¿Y eso dónde fue?".

"A unos cientos de pasos", dice señalando al lugar de donde acaba de salir. "No hace media hora que dejé el lugar".

"Buscaré", dice Agathon, "A ver si pudiese ser el encantador Merlín. Debo encontrarlo. Hasta luego".

"Hasta luego. Y buena suerte".

Y se pone a caminar a la búsqueda de Merlín. Y después de dejar el camino se adentra en la espesura y escucha el sonido de todo lo que pueda escuchar a ver si distingue algo que puede revelar el sitio donde está escondido el encantador, pues tiene seguro en su mente que se trata de él. Camina y camina y camina hasta que llega a un lugar de donde mana una fuente que produce un sonido arrullador. Frente a ella está sentado Merlín. Agathon mira entre las hojas viendo al hombre, para él aún desconocido,sin embargo reflexiona:

"Veo a un hombre. ¿Será el encantador? Se parece a la reina. No puedo dudar de su parentesco".

Y como Merlín no se mueve, decide acercarse.

"Estoy cansado", dice éste, "pues estuve viendo las carreras de los lobos, el nadar de la nutria, el volar de los gorriones, los petirrojos, las bandadas de estorninos, la caída de las hojas, y todo mientras corría tras ellos. No se me ocurrió mejor cosa que perseguirlos para no perderme nada".

Agathon, por su parte, se dice "Y si es él ¿Cómo puedo convencerlo de que vuelva a la corte? Porque tiene fama de mago, pero también de testarudo y, como no quiera...ya sé tocaré el arpa".

Y sacando de debajo de su túnica un arpa comienza a tocar una melodía dulce y suave a la que añade una letra que va inventando con la intención de transmitir el mensaje y hacer que el hombre a quien aún no conoce, pero de quien sospecha su identidad, se conmueva. "Y que sea la voluntad de Dios", se diceGüendolena, de rubia cabellera,

De piel blanca de nieve,

De aroma de rosas y de lirios,

Dime, ¿dónde fue tu hermosura?

¿Por acaso la pérdida de tu hombre

Destrozó tu cuerpo?

Perdiste el color, te marchitaste

Como flor en otoño.

Ven, Merlín, si escuchas,

Tal vez pudieses quebrar el encanto.

Merlín, entonces, aunque cansado, se levanta del lugar en donde se encuentra sentado y se acerca a Agathon, que está aún con el arpa en la mano. Y dice Agathon:

"Por ahí viene. Se dirige a mi. Buenos días".

"¿Quién eres?".

"Un humilde caminante".

"¿De dónde vienes?"

"De cruzar valles y montañas, buscar cerca de ríos y riberas, subir colinas, andar por las carreteras, recorrer terrenos llenos de manzanos sin encontrar un alma", contesta Agathon.

"¿Y dónde aprendiste ese canto?", pregunta Merlín interesado-

"En Cumbria. En la corte de Rodarco", contesta el otro.

"Y esa Güendolena de quien hablas...", intenta saber Merlín

"Es la mujer de un rey mago, llamado Merlín. Y Ganieda su hermana", contesta el otro.

"¿La de Güendolena?". Y lo dice intentando liar al caminante o, tal vez, intentando hacer que se explique, pues en su rostro se puede ver que lo que pretende es saber si lo que dice es lo que corresponde a sus seres queridos.

"No, la del encantador", contesta Agathon. Y añade intentando explorar la identidad del hombre que tiene delante: "Por cierto que te pareces mucho al retrato que de él me hicieron".

"Tal vez podría ser él", responde el mago como pensando si darse a conocer sería una buena idea o una imprudencia.

"Nunca pensé que pudiese ser otro", dijo Agathon convencido, a lo que Merlín le sugirió:

"Tal vez, deberías llevarme con tu reina y que ella decida si soy o no soy".

"Me parece una buena idea, así que vamos allá y que ella decida o, por mejor decir que te reconozca y reconozca si eres o si no eres".

EN LA CORTE

Ya en el Castillo Güendolena y Ganieda se encuentran hablando en la parte superior del castillo, cerca de las almenas de la torre cuando ven venir dos siluetas a lo lejos. Son las siluetas de dos hombres que se acercan. Una de ellas es la de un hombre muy alto. El otro es de una estatura normal.

"Aquel de allí parece Agathon", dice Güendolena.

"Cierto", le responde Ganieda. "Y viene acompañado de un hombre que parece un gigante de dous metros".

"Aquel es mi marido", responde Güedolena. "Lo conozco por la silueta, el porte regio, los cabellos largos y esa aura de bondad. No me cabe ninguna duda".

Ganieda se muestra entonces contenta, alegre por la noticia de la vuelta de su hermano. En su cara se puede ver una sonrisa y los ojos muestran un brillo de felicidad que hace tiempo no se veía en ella. Y le propone a su compañera:

"Hagamos una fiesta".

La otra, que no se encuentra menos alegre que ella recibe la noticia con entusiasmo y revolviéndose de un sitio para otro empieza a saltar y a bailar al tiempo que canta y cantado y bailando y gritando y saltando dice:

"Una fiesta, sí. Una fiesta". y sale de la torre del castillo gritando: "Sirviente, sirviente".Éste acude a toda prisa a la voz de su señora y le pregunta qué desea. A lo que Güendolena le contesta:

"Prepara veinte corderos, vino del mejor. Pon la mesa, cocina salmón de la tierra. Trae los manteles de lujo. Pon la mesa. Eso ya lo dije. Hay que celebrar una fiesta, una gran fiesta, pues mi marido ha vuelto".

"No se excite, señora, y no se preocupe, que yo sé lo que hay que hacer en estos casos".

"Pues eso, hazlo y rápido, que mi marido Merlín está en casa y no quiero que se marche".

"Relájese, señora, que aun no llegó", contesta el sirviente intentando tranquilizarla.

No pasó mucho tiempo y Agathon y Merlín ya estaban en el castillo. Y nadie sabe muy bien como, pero para entonces ya estaba todo preparado, pues el sirviente se había encargado de ir a la cocina y azuzar a los cocineros y a otros criados y criadas para que se apurasen a poner la mesa y a servirla. Y como los comensales estaban todos enterados de lo que ocurría porque tanto la reina como los sirvientes se dedicaron a transmitir la noticia con rapidez la noticia voló de un lado a otro del castillo y todos estaban en el comedor esperando a ver que sucedía, pues Merlín era un hombre imprevisible. Se oyó entonces su voz, a la que sucedió la de un criado diciendo:"Mi señor Merlín, la reina está esperándoos en el comedor".A lo que Merlín respondió: "Vamos". Y entrando en el comedor vio que había una gran multitud de gente y todos estaban vestidos de gala. La reina llevaba un vestido verde con flores amarillas. Rodarco portaba una túnica negra. Güendolena vestía de naranja, pues sabía que a Merlín le gustaba este color. Sus cabellos caían sobre el vestido. Y todos los invitados se mostraban expectantes. Ante la presencia de toda este gente Merlín murmuró: "Dios mío. Esto no parece un castillo. Más bien parece la ciudad de Glasgow. A ver si puedo comer y desaparecer con cualquier excusa. Esa comida regia no se puede despreciar, pero tanta compañía es molesta.

Entonces su mujer ,Güendolena, le dijo a Rodarco en voz baja:

"Pienso que está intentando escapar".

"No lo dejaré". Le contestó éste. "Sargento, ven aquí". Y haciendo un gesto con la mano acompañó la llamada del sargento de su guardia. Éste se acercó a él diciendo

"Si, mi señor".

"Mantén vigilado a Merlín. Si intenta huír, retenlo. Debe quedarse aquí".

Y comenzaron a llegar los camareros que traían los diferentes platos y los fueron poniendo en la mesa: Merlín aprovechó para recuperar fuerzas, pues el invierno entre la maleza lo había debilitado. No habló y los demás no lo forzaron a ello, ni tampoco se les ocurrió decir nada, pues se hallaban absortos con el hecho de que estuviera allí presente y lo miraban comer. Cuando acabó la cena se retiró a sus habitaciones, pero se negó a compartir habitación con su mujer, Güendolena. Nadie supo porqué, pero nadie quiso contrariarle.

Cuando aún era muy de mañana, pues el sol casi no se había despertado y después de dormir toda la noche   Merlín salió de su cuarto, y viendo que los Guardias están dormidos sale de su cuarto, recorre los pasillos sin ver a nadie. Sólo al final tiene que esconderse para poder salir por la puerta principal.

"Por fin pude escapar con un pequeño truco", dice "pues, a pesar de ser guardias, también son hombres y les gusta la dormir.

Unas horas más tarde en otro lugar del castillo Rodarco, que se acaba de despertar, llama un sirviente y le conmina:

"Vete a ver si el Mago se encuentra en su cuarto. No quiero que se escape. No se vaya a haber quedado dormidos los guardias".

"¿Y si no está?", inquiere el soldado.

"Perseguidlo", responde Rodarco tajante.

El criado corre al cuarto en el que Merlín se alojaba, ve a los soldados dormidos y los despierta. Uno de ellos lo saluda con reverencia.

"Señor, señor", dice un soldado.

"No se escucha a nadie", añade asustado el otro.

"La puerta está abierta", contesta el primero.

"El mago no está. Y la guardia dormida. Vamos tras él", dice el criado.

"Vamos", grita un soldado y salen los tres a todo correr en persecución de Merlín. Recorren todo el castillo y cuando ya han acabado de registrarlo y están convencidos de que no se encuentra allí salen a la explanada y miran por todas partes. Localizan a Merlín, que está apoyado sobre un árbol.

"Logré escaparme", dice en el momento en que entran los dos soldados y el sirviente, por lo que se echa a correr. Y ellos tras él.

"Ahí está. Ahi, ¡Cómo corre!. Se va a escapar", dice uno.

Pero al final lo alcanzan y lo cogen haciéndole caer al suelo, aprovechándose de que el mago no esperaba este momento, pues parecía pensar que esto nunca podría ocurrir.

"Me pillaron", exclamó

A lo que uno de los soldado replicó:

"Llevémoslo ante Rodarco".

Se pusieron en camino y pronto llegaron al comedor, donde estaba Rodarco sentado a la mesa. Entonces los soldados entraron y uno de ellos le dijo:

"Aquí lo tenéis de nuevo, señor. No sabemos como pudo evadir a tanta gente, pero logró salir del castillo". Y diciendo esto lo dejó delante de su señor. Éste lo miró de arriba abajo, luego le miró a los ojos y sonrió de manera hipócrita para terminar diciendo mientras movía las manos descuidadamente:

"Merlín, amigo, no te marches. ¿Te gusta la cítara? Tocaremos la cítara para ti. Y así amansará tu ira, pero no te vaias al bosque a vivir con las bestias, como un loco. Ten cabeza, hombre, y quédate con nosotros. Dormirás en una cama confortable. Te haremos regalos. Tendrás oro y plata, piedras preciosas, diamantes".

Sin embargo en la voz de Rodarco no había ninguna traza de seducción, sino más bien de displicencia. Parecía tratar a Merlín como un inferior, como alguien a quien se debe cuidar, enseñar y tener cuidado de que no le ocurra nada. Pero Merlín respondió con voz dura, tajante:

"No me interesa. Ya tengo todo lo que deseo en el bosque, duermo bien y descanso mejor".

Y su expresión, todo su cuerpo estaba relajado, incluso se podía decir que estaba esperando que Rodarco lo soltase, pero éste cambió su voz y comenzó a explicar:

"¡Oh!, amigo mío. Los osos duermen en sus cuevas. Los tejones, las nutrias, los pájaros desaparecieron. Aquí tendrás comida". Y decía todo esto con una voz enunciativa. El tono de su voz había cambiado y ya no mostraba ese desprecio que anteriormente había exhibido. Pero Merlín continuó inflexible, sin dejarse convencer, haciendo entender que nada de aquello le importaba: "No necesito tus alimentos", dijo. "El Bosque Calidonio me lo da todo". Sin embargo Rodarco no estaba dispuesto a dejar marchar al mago. Su cara se vio cambiar, sus ojos se volvieron fieros, sus dedos tamborilearon en el brazo de la silla, se removió en ésta, yendo de un lado para otro del respaldo. Cruzó sus piernas, las volvió a descruzar y de repente se enfureció y levantándose de la silla, elevó su brazo señalando a Merlín y con una mirada que desprendía fuego de sus pupilas dijo:

"Prendédlo. Amarrádlo con cadenas, pero que no se vaya. Que se quede. Alimentádlo bien. Que esté aseado y limpio, pero con cadenas, si fuese necesario, para que se quede".

En estos momentos entró Ganieda en el salón. Se la veía relajada, feliz. Sus ojos brillaban. En su pelo rubio revuelto traía una hoja de árbol, cerca de su oreja. Rodarco la vio y se la quitó:

Mi amada esposa, hermosura del día, luna que alumbra la noche, de hermosa figura y delicadas manos. ¡Qué dulce es estar en tu regazo gozando de tu aroma".

Ganieda se mostró contenta, deleitada, convencida de que su marido no se había dado cuenta de nada, aunque se veía que no lo pensaba, sino que lo gozaba de una manera intuitiva. Se notaba que a veces su mente se iba a otra parte, aunque también se notaba que Rodarco interpretaba eso como que estaba pensando en él. Ganieda se mostraba confiada y con voz de inocencia contestó sinceramente:

"Mi señor, mis mejillas se van a ruborizar".

Y lo dijo moviendo su piernas a un lado y a otro, adelante y atrás como si de una adolescente se tratase. Rodarco sólo dijo:"Esta hoja en tus cabellos está tapando parte de tu hermosura. Vamos quítala de aquí y tírala al suelo". En ese momento entró Merlín riendose a carcajadas. Venía cargado de cadenas porque Rodarco había mandado que se las pusiesen para que no se escapase. Era una escena curiosa ver como un hombre encadenado se reía con tanta sonoridad. Por ello Rodarco habló y dijo:

"¿Te traicionó la razón? ¿Te volvió la locura? Dime: ¿Cuál es la razón de tu risa? Te daré un caballo, aquel alazán negro que tanto admirabas".

Y en la voz de Rodarco se notaba el enfado y la indignación, pero también el desconcierto. Sin embargo Merlín permaneció firme. Rodarco insistió en saber lo que ocurría a cambio del alazán negro, pero el encantador simplemente contestó:

"No".

Rodarco pareció querelo seducir ampliando la oferta: "Una docena de caballos".

"No", fue la respuesta tajante.

"Te daré toda un ala del castillo para que vivas en ella", dijo con voz grandilocuente mientras acompañaba su oferta con los gestos, moviendo las manos hacia aquí y hacia allá y caminando de un lado a otro de la sala mientras miraba al hombre que tenía frente a él, ora de frente ora de reojo.

"No", se oyó, un "no" tajante que retumbó en toda la habitación.

"La mejor de mis nobles solteras para que te cases con ella", siguió diciendo con voz ampulosa.

"Recuerda que estoy casado. Y además sólo quiero la libertad".

"¿Y para qué, amigo?", contestó el señor como insinuado que la libertad no le iba a servir para nada.

"Para volver a los bosques de Calidón, a comer bellotas, castañas, semillas, para admirar a los pájaros", dijo el mago en un tono entre soñador y admirativo.

"Es invierno", dijo Rodarco friamente.

"La libertad".

"Hecho. Hecho", dijo Rodarco vencido y con su dedo se rascaba el cuello, como intentando pensar si aquello iba a servir para algo. Después haciendo un gesto con la mano añadió: "Que le suelten las cadenas". Un soldado cogió unas llaves, abrió la cerradura y le sacó aquellos hierros que le apretaban las muñecas y éste movió las manos, como sacudiéndose un peso de encima. Luego, con una sonrisa

en la boca que le llegaba de oreja a oreja dijo:

"Esa hoja que quitáste del cabello a tu amada fue producto de una historia amorosa que ella tuvo con un noble. Volvía de consumar su pasión al lado de los arbustos, de jugar con su amante en la hierba. Aún llevaba su aroma en su seno cuando entró en el castillo y tú le hiciste caricias y mimos. Por eso me reí. De tu boca parecían salir los sentimientos de su amante.

La cara de Rodarco iba cambiando de expresión al tiempo que Merlín desgajaba la explicación de los hechos. Su cara pasó de felicidad a cabreo a través duna serie de emociones que es difícil describir, pero entre las que estaban la seriedad, la indignación y el enfado para acabar con un enfado prodigioso cuando dijo:

"¡Maldición! ¿Por qué me casé contigo? Maldita infidelidad".

Pero ella, queriendo calmarle, se acercó a él con una cierta intranquilidad, como quien se acerca a un niño enfermo o a un hijo que se ha puesto nervioso. Trató en vano de hacer que recobrase la sonrisa, que se recuperase de aquella emoción insana y volviese a ser el mismo de antes e, intentando buscar una excusa en su cabeza lo más rapidamente posible le dijo:

"Ay, marido, ¿vas a creer a un loco que vaga por los bosques?".

Pero él, enojado, aunque visiblemente más calmado, respondió sin escuchar:

"¿No te di mi cariño cuando lo necesitabas? ¿No te ofrecí presentes? Ganieda, amor mío, no puedo distinguir lo real de la fantasía. ¿Qué te ofrecieron sus brazos que no te den los míos?".

Ella insistió en la excusa y sólo pudo decir con voz dubitativa: "Pues la verdad…mi hermano delira". Y, de repente, como si se le hubiese acabado de ocurrir, dijo dirigiéndose a Merlín:

"Ven aquí, hermano. Mira este chavalillo. Dime, hermano, ¿cómo crees que va a morir?".

El niño del que le preguntaba Ganieda iba vestido con una túnica verde y tenía el pelo negro. El mago cerró los ojos, se concentró y acabó por decir luego de un tiempo:

"Se caerá de una peña y su cabeza se quebrará, partiéndose en dos". Y calló, como si nunca hubiese abierto la boca.

Entonces Ganieda se acercó al niño, que tendría unos cinco años y una tez muy rubicunda y unos rizos de oro y habló con él diciéndole algo al oído, después de lo cual el niño salió. Ganieda dijo intentado destrozar la respuesta de su hermano: "¿No ves, querido amor que este chaval es muy joven para morir?". A lo que Rodarco contestó secamente:

"Calquiera puede caerse de una peña". En esos momentos entró un niño que venía vestido con ropas azul oscuro. Traía un gorro en la cabeza que no le dejaba ver el pelo. Y era este niño de la misma talla que el anterior. Entonces Ganieda, aproximándose al chavalillo, lo señaló y preguntó a su hermano:

"¿Y este niño, de qué va a morir?"

Merlín dijo inmediatemente, casi sin pensar:

"Cuando vaya un día rápido por el bosque morirá a causa de un árbol".

Ganieda se aproxima al niño, habla con él al oído y éste sale.

"¿Pero como pudiste, mi señor, pensar que yo cometería tal infidelidad?". No bien acaba de decir estas palabras cuando una niña de talla similar a la de los otros niños entra en la sala. La niña va vestida con faldas y lleva maquilladas las mejillas. No dice ni una sóla palabra. Simplemente sonríe. Entonces Ganieda pregunta dirigiéndose a su hermano Merlín: "¿Y esta doncella que muerte tendrá?". Merlín no puede disimular su sonrisa y responde alegremente, un poco como si se tratara de alguien que responde inconscientemente o, quizás, de alguien de que está harto de la misma pregunta y sabe que tiene razón, de alguien que da por supuesto que: *¿de qué va a ser?*

"Se ahogará en el río". Ganieda, un punto deseperada y como intentando anular las contradicciones parentes de su hermano contesta, haciendo gestos con las manos, gestos que denotan su ansiedad:

"¿Pero cómo puede ser que un mismo niño pueda morir de tres maneras diferentes, mi señor? Esta doncella es el niño a quien predijo el loco la muerte y también el otro, pues yo lo hice cambiarse dos veces".

Pero Merlín no se inmuta. Permanece serio ante los ataques de su propia hermana al tiempo que Rodarco un punto enfadado lo mira con cara de incredulidad y pregunta dirigiéndose al niño:

"¿Es eso cierto?"

"Así es", dice el niño inocentemente

"Ay, loco de mi", dice Rodarco llevándose las manos a la cabeza y exclamando, como si se hubiese fiado en un sinsentido. Y añade: "¿Cómo pude prestar atención a un salvaje que se alimenta de semillas y vive en las guaridas de las fieras?". En este punto Rodarco parece haber perdido toda confianza en el mago, pero en su voz se puede apreciar que tampoco su confianza está puesta por entero en su mujer. Ella se da cuenta de esto y por eso dice:

"Mi señor, sabes que te adoro y daría mi vida por ti". Y lo dice con una voz que fluctúa entre la seducción y las ganas de convencer a su marido, lo que aún no tiene claro que pueda hacer.

"Dejadlo ir", dice Rodarco paseando por la habitación mientras hace un gesto de displicencia con la mano, un gesto que connota además la intención de que ya no puede hacer nada por retenerlo.

"Dejadlo ir", repite. "Y que no vuelva. Insulta a mi mujer, me insulta a mi e insulta mi inteligencia". Entonces poco tiempo después de que Merlín salga por la puerta de la sala. Rodarco se dirige a Ganieda y le dice en voz baja: "Vete. Dile a Güendolena, a su mujer, que lo retenga, que no lo deje escapar. Corre".

Mientras tanto Merlín se encuentra a las puertas del castillo, pues ha llegado allí a grandes pasos, cuando llega Güendolena apuradamente: "Bienquerido marido", dice, "¿adónde vas?".

"Al bosque", contesta firme.

"¿No quieres quedarte con nosotros, en la paz de este castillo, calentito por las noches? Tienes sábanas y mantas en las camas y tapices en las paredes que te quitarán el frío".

"Déjame volver a la hierba del campo".

"¿No prefieres el techo que te protege de la lluvia a las abiertas praderas bajo el cielo?", continúa ella tan seductora como antes.

"Viviré en una cueva".

"Es mejor que te quedes. Las grutas están llenas de animales e insectos que te pueden comer vivo".

Pero Merlín continúa defendiendo su postura y no cede ante la seducción de su mujer, pues en su voz y en su actitud late el que se da cuenta de que ello entraña estar atrapado.

"Hay lugares limpios, maravillosos, llenos de paz", contesta con un tono de libertad en su voz, pero su mujer parece querer atarlo, amarrarlo, encadenarlo con su palabras y dice seductoramente:

"¿No prefieres quedarte con tu familia, tu sangre?"

"¿Y la guerra, los soldados, las órdenes? No. Dame el sol, el aire, la hierba, el fuego de la hoguera, la libertad". En este punto se muestra enfadado, tras lo cual sale dando un empujón a Güendolena, que se tambalea sin llegar a caerse.

"Poco más y me lleva con él", dice un tanto asustada. "Voy detras de ti", dice mientras lo persigue y habiéndolo encontrado otra vez le conmina: ¿Y qué será de ti? ¿Quién te va a cuidar por las noches? ¿Quién va a darte calor? ¿He de morir yo sin tu compañía? Pues no. Iré contigo y no te dejaré".

"Divórciate de mi y cásate con quien quieras. Huye con un hombre de la corte o quédate en ella. cásate dos, tres, cuatro veces, pero no me sigas. Y sabe que, aunque pases por el altar para contraer nupcias con otro que no sea yo, vendré a darte mi bendición".

"Merlín, mi amor", dice ella desesperada.

"Quédate en la corte. Es tu lugar. En el campo estarías perdida. No vengas conmigo. No me sigas", dice él algo desesperado también.

Y Merlín se va camino del bosque antes de que su mujer pueda hacer nada por retenerlo. En ese momento llega Ganieda, a la cual Gúendolena, desesperada le dice:

"No se puede hacer nada. En cuanto entre en el bosque lo perdemos. Ahí se esconde como nadie".

"Pienso que incluso sabe cuando vamos a verlo, si lo buscamos o no, pues sus sentidos lo alertan. Tal vez incluso los animales lo avisan".

EN EL BOSQUE

En la corte Rodarco se encuentra sentado en la silla que le concede su poder cuando entra un mensajero apresuradamente, mensajero que se arrodilla ante él y con tristeza le dice:

"Mi señor, el niño, Patrick, murió".

"¿Cómo fue?", pregunta Rodarco sobresaltado. A lo que el mensajero contesta:

"Salieron de caza. Iba junto con todos sus sirvientes y amigos. Subitamente, entre el ramaje, apareció un ciervo. Patrick apura, atraviesa los arbustos, siguiendo a los perros, que corren tras la presa mientras ladran. Espolea el caballo para que vaya más deprisa. El ciervo escapa por un monte que se alza a su derecha. Sube y sube y continua subiendo hasta llegar a lo más alto. El animal se desvanece no se sabe donde, por entre los pedregales. Mi amo lo busca. El caballo resbala y cae al río que rodea la montaña. Cae por el barranco, se le engancha el pie en un árbol de tal suerte que es la única parte del cuerpo que le queda fuera y se ahoga y su cabeza da contra una roca, rompiéndose la cabeza.

"Tal vez estaba loco, pero parece que el mago acertó de pleno"

y mientras estas cosas suceden en la corte en el bosque llueve y la lluvia cae sobre la cabeza de Merlín, que se halla a la intemperie y que siente el viento que sopla el viento, un viento atroz de invierno que destroza muchas ramas de los árboles e incluso algunos troncos delgados y que remueve las hojas caídas.Merlín se apresura a buscar una cueva donde meterse para reguardarse del frío, pero mientras lo hace va hablando solo, consigo mismo, pero es consciente de que nadie le escucha, por ello no se queja, sino que en cierta manera se consuela.

"Prefiero la lluvia a gobernar una ciudad. Prefiero el viento a las medias verdades, a las falsas palabras de los refinados barones lisonjeros. El cielo no engaña. La naturaleza no miente. Pero, mira, Venus, el planeta del amor, está de lleno en el signo de mi esposa y yo me encuentro en el bosque, así que debió de encontrar a alguien con quien compartir el resto de sus días. Mañana, cuando despierte, me pondré en camino á la corte y le llevaré un presente. Y ahora dormiré. Me Voy a meter en aquella cueva y hasta mañana.

Y al tiempo que Merlín se interna en una cueva con la intención de dormir en el castillo Ganieda ayuda en los preparativos de la boda, colocando el vestido en su sitio y revisando hasta el último detalle para que la novia al día siguiente lo tenga todo a mano, después de o cual se retira a descansar. Por la mañana, en la cueva en la que ha dormido Merlín se despierta, se despereza y se levanta y después de haber calentado un poco de comida en el fuego recientemente hecho habla y dice en una voz en que pueden oirle todos los que allí se encuentren:

"La noche pasó en un suspiro. Y ahora...venid aquí, ciervos de las praderas y de los montes. Venid, gamos. Acudid, cabras de los montes, ovejas que pacen en las hierbas, jabalís que buscáis vuestra comida con los hocicos. Ven, ciervo amigo y llévame sobre ti". Y conforme va diciendo estas cosas, conforme va llamando a los animales estos van apareciendo. Entonces Merlín monta sobre el ciervo que ha venido ante él y se ha arrodillado, mira para toda la compañía que se ha formado a su alrededor y a sus espaldas y se dirige al ciervo con estas palabras:

"Llévame al castillo de Rodarco y vamos todos, compañeros, que deseo hacerle un regalo a mi ex-mujer, Güendolena".

La compañía cabalga a través del bosque atravesando valles, cruzando ríos, saltando algunos charcos y algunas pequeñas aberturas que hay en el terreno y llegan a la iglesia donde Güendolena y su esposo salen por la puerta luego de darse el "sí, quiero". Güendolena, que no ha visto llegar a Merlín, exclama con voz de entre decepción y sorpresa:

"Me extraña que Merlín, siempre tan puntual, aún no llegase". Y en su voz se delata que esperaba y aún espera la presencia de su ya exmarido, pero el esposo actual, incrédulo ante todas las cosas sobrenaturales, dice desapasionadamente:

"Los signos debieron fallarle, pues los brujos muchas veces se equivocan".

"Tal vez", dice Güendolena incrédula, sin darle mucha importancia a lo que dice su marido. "Tal vez", repite, "Pero subamos a las almenas". En ese momento entra un mensajero que viene acelerado y que dice con voz sorprendida como si él mismo no se lo creyera a pesar de saber que es cierto:

"Mi señora Ganieda, tenéis que ver esto".

"¿El que?"

"No se puede explicar. Vuestro hermano, Merlín...

Y en ese momento se ve llegar una multitud de animales, que salen del bosque y se dirigen al palacio, donde se encuentran Güendolena, el marido de ésta, Ganieda y otra mucha gente.

"Güendolena, ex-esposa, aquí está tu Merlín, que tiene un regalo para ti".

"Dios mío, si viene montado sobre un ciervo y rodeado por un cortejo de animales salvajes. Tienes razón, casi no me lo creo", dice Güendolena al mensajero

"Querida", dice refiriéndose a Ganieda, "este gamo es para ti. Y ahora me desvanezco con el viento. Vamos, camaradas".

"Id tras él. Cogédlo", dice Ganieda. Por lo que los sirvientes, obedeciendo a su señora salen corriendo tras el mago. "Deprisa. ¿No véis que los ciervos huyen como silfos? Corren, saltan y se van a todo correr atravesando toda la hierba del campo hasta llegar al bosque. Si pasan del río estamos perdidos. Ay, que el ciervo de Merlín tropezó y él se cayó en el río, se empapó. Ay, que mis hombres pueden cogerlo. Que no se puede levantar. Hace un gesto de fastidio. Lo cogen. Ya lo traen para aquí".

En este punto los servidores de Rodarco cogen al mago y lo cubren de cadenas, que lleva arrastrando hasta el castillo y más específicamente hasta la sala donde se encuentra Rodarco, que le dice irónicamente:

"Ahora sé que puedes andar por el castillo y no escaparte".

"A lo mejor puedo romperlas con mi magia", contesta el mago desafiante.

"Si pudieses ya lo habrías hecho".

"A veces la magia lleva tiempo".

Entonces Rodarco invita a Merlín a que se una a ellos.

"Ven, siéntate a la mesa y degusta estas delicias, las más delicadas carnes, los pescados más escogidos, los postres más elaborados. Hechos expresamente para ti. Los invitados quieren que les cuentes".

"No deseo ser unha atracción de circo. Sólo volver a mi cueva en el bosque y vivir con mis amigos".

"¿Estás triste? ¿Por qué? En este castillo tienes de todo".

"Me falta la libertad, señor".

"¿No quieres comer?".

A lo que Merlín acepta reservadamente.

"Tal vez un poco de avellanas y almendras".

El señor del castillo piensa en voz baja, pero audible, reflexionando para sí: "Dejemos que la noche haga su efecto". Y añade: "Id a dormir". Sacan, entonces a Merlín, pues sigue cargado de cadenas al tiempo que Rodarco se dirige a sus criados:

"¡Sirvientes! Mañana, cuando el mago despierte, llevádlo a la ciudad. Os lo encargo personalmente. Que camine, se desahogue y se divierta. Y si costase más de esto, decídmelo. Ahí tenéis una bolsa de oro, por si fuese necesario. Que descanse y se relaje y traedlo como nuevo, aunque haya que gastar todo el oro que hay en la bolsa e incluso más".

La noche pasa rapidamente y al día siguiente un par de soldados acompañan a Merlín a la ciudad, una pequeña ciudad con casas de madera y tejado de paja en la que se pueden ver herreros, gente que vende verduras y frutas, ganaderos, carniceros, pescaderos, que venden sus pescados en pequeñas cestas, gente montada a caballo, otros que entran o salen en carretas sobre un suelo lleno de barro y otras muchas gentes de difícil adscripción. También se puede ver a las pueertas de una iglesia, un mendigo que suplica:

"Misericordia, señores. Mis ropas están rasgadas por el viento, raídas por las aguas, que las lavaron tantas veces. Tanto caminar rompió mis pantalones y la aguja y los hilos ya no pueden arreglar tanto desastre. Misericordia, señores. Caridad. Criaturas de Dios, apiadáos de vuestro hermano".

El mendigo continúa su retahila de súplicas cuando entra Merlín, encadenado y acompañado de dos guardias y se echa a reír a carcajadas. Los guardias ponen cara de asombro, pues no se explican que le ha podido ocurrir a Merlín, qué es lo que le hace tanta gracia, cómo puede un mendigo hacerle reír.

"¿Qué le ocurre a éste?", dice uno.

"¿De qué se ríe? Si el bueno del hombre no tiene ni para vivir"."Mejor será continuar", dice el otro con voz resolutiva, como pensando que no había manera de entenderlo y que mejor no planteárselo. Por ello continúan recorriendo toda la ciudad y asegurándose de que el mago se relaja antes de regresar al castillo. Llegan al mercado, donde todos los vendedores exponen sus mercancías. En el mercado, frente al puesto de un marroquinero, se puede ver a un joven. Éste

se encuentra mirando varios pares de botas, después examina la suela de las suyas y ve que tienen un agujero. Piensa, entonces, en voz alta:

"No sé si servirán para el viaje, pues tengo que meterme por valles y corredoiras donde no llegan ni las carretas".

El Comerciante le muestra otras botas. Merlín lo ve y se echa a reír. El comerciante lo mira extrañado, pero no le da importancia, sólo que le ha llamado la atención. El joven no le hace ningún caso, pues se encuentra abstraído en su examen de las botas. Pero los guardias se miran el uno al otro sin explicarse lo que le sucede.

"Este hombre está loco. Un joven comprando un par de botas, ¿qué tiene de gracioso?"

"No sé, pero ya se lo diremos a nuestro señor", responde el otro.

Acabado el paseo regresan todos al castillo, donde se presentan ante Rodarco, quien les pregunta:

"¿Qué pasó? ¿Descansó el mago?".

"Fue todo muy extraño. Dos veces se echó a reír", dice uno.

"Y las dos veces sin causa", completa el segundo.

"No le encontramos gracia…"

"…a lo que hizo".

"Nos parece…"

"¿Locura?", pregunta Rodarco.

"Pues sí".

"Traédlo", replicó Rodarco, por lo que los guardias que allí estaban salieron y poco tiempo después regresaron con Merlín encadenado. Éste traía cara de tristeza y en su cara se veían huellas de que no había sido tratado con lujo, precisamente. Pero Rodarco no prestó atención a este detalle, sino que sólo le exigió con voz enfadada:

"Explícate".

"Supongo que te referirás a lo que pasó en el mercado".

"Claro".

"Fue gracioso. Cuando llegamos al mercado había un hombre sentado pidiendo limosna. Deseaba una moneda, pero lo que no sabía es que debajo de donde él estaba, en el suelo, bajo tierra, había una fortuna en monedas de oro y plata. Si él lo hubiese sabido no habría dudado en buscarlas, en cavar todo lo que hiciera falta. Pero si no me crees busca y las encontrarás".

"Está bien. Eso queda explicado", dijo con voz más tranquila", pero me dijeron mis hombres que te reíste dos veces. ¿Por qué fue la segunda?".

Merlín se lo tomó con tranquilidad y comenzó a explicar con detenimiento y con bastante paciencia:

"Verás. Había un hombre (pobre, no sabe lo que le espera) que estaba comprando unas suelas para arreglar las botas. Las quería para irse de viaje, un viaje que se le antojaba bastante largo. Lo que ignoraba es que se iba a ahogar. De hecho ya se murió cayéndose en el río y su cuerpo se prendió en la orilla de esta población. Si no me creéis podéis ir a ver. Lo encontraréis muy pronto y será muy fácil de reconocer, porque los guardias que me acompañaban lo vieron con toda claridad". A lo Rodarco sólo pudo responder, dirigiéndose a los Guardias: "Id y comprobad lo que dice".

Y los guardias salieron inmediatamente sin decir una palabra.

LA TORRE

Y en sus habitaciones Merlín, que aunque cargado de cadenas no había sido encarcelado en las mazmorras del castillo, hablaba con su hermano Ganieda , que se mostraba triste. Ganieda quería convencerlo, como tantas otras veces de que se quedase con ellos en aquel lugar, a lo que el mago era remiso. Y decía Ganieda:

"Merlín, hermano, el invierno es frío, las nieves arrecian y los bosques están sin frutos ni semillas. Quédate un tiempo en el castillo. Ya volverás en primavera, cuando el sol caliente de nuevo".

Y en su voz se notaba un halo de preocupación, un algo que le hacía querer convencer a su hermano. Pero, aunque otras veces se hubiese dicho que era por puro egoismo esta vez no se percibía esa preocupación por ella misma, sino que era algo que redundaba en beneficio de Merlín. Pero éste, que tanto gustaba de la naturaleza no pudo sino responder:

"La niebla no me da miedo. El viento se soporta bien con pieles de animales y el agua se para con un techo de piedra. Cuando las flores aparezcan de nuevo mis ojos lo agradecerán. Si quieres en verdad cuidarme, ordena que tenga servidores que hagan lo que yo les diga, criados que me atiendan las veinticuatro horas del día, construye una torre para mi en la que pueda vivir y en la que me sirvan"."Sea. Mientras tanto, quédate en el castillo y descansa". Y además de una cierta preocupacion que aún había en su voz ya se percibía un tono de descanso. Ganieda inmediatamente se dirigió al castillo y se puso a buscar obreros que se pusieran al trabajo de construír una torre.

Al poco tiempo empezaron a construír la torre, que fue acabada mucho más rápido de lo que se pensaba. Era una torre magnífica, de unos diez metros de alto y unos tres metros de ancho, cuadrada. Tenía dos pisos. Y en ella Merlín podía disfrutar de una buena biblioteca y una gran laboratorio donde realizar sus experimentos. Pero no siempre se le encontraba en casa. A veces salía a pasear por el bosque. Un día se le oyó decir:

"Se está bien paseando por el bosque ahora que aún es otoño, pero cuando llegue el invierno deberé quedarme en casa. Aquí el tiempo es frío y la lluvia mucha". En esos momentos llegó Ganieda.

"Siéntate, hermano", le dijo, "que te traigo aquí uno de tus platos favoritos, pavo relleno con patatas fritas y salmón ahumado de las tierras de Escocia".

"Me siento muy bien con todo, hermana, pero deberías hacer el equipaje e ir a la corte. Ve a ver a tu rey, a tu marido, pues se está muriendo y ansía estar contigo. Dile a Taliesin, que andará cerca de allí, que venga a verme. Debo hablar con él".

Y haciéndole caso sin rechistar Ganieda partió rumbo a la corte, pensando por qué su rey quería verla. Aunque no tardó mucho el viaje se le hizo eterno. Cuando llegó Güendolena estaba mirando el horizonte en las almenas del castillo. Güendolena e incómoda protestaba:

"¿No llega Ganieda? Hace días que debió volver y no hay manera de avisarla de lo que está sucediendo". Entonces se fijó en que enmedio del campo Aparecía una forma que lo atravesba y la reconoció. "Es ella y viene a galope hacia aquí. Llega justo para el entierro, pues el señor Rodarco murió hace tres horas".

"¿Qué tal está nuestro Rodarco?. Me dijo Merlín que viajase hasta aquí, pues mi rey deseaba verme".

"Rodarco ha muerto", contestó Güendolena. "Cuando cambió la luna de creciente a llena Rodarco, agotado por los años de lucha, perdió sus fuerzas, después de luchar durante un tiempo contra una infección y ahora, en su último lecho, es llevado a la habitación de la que ya no se ha de levantar hasta el día del juício".

"Cumpliré mis deberes funerarios para con mi esposo y volveré a reunirme con mi hermano, pues ya el amor hacia mi señor no me puede retener y no es sano que ocupe mis días y mis noches en el cementerio". En este momento entró Taliesin, que se hallaba en la corte de visita:

"Ah, Taliesin, Merlín desea verte. Allí está, en el medio de la espesura".

"Ya sé, ya sé. Que aunque no tantos como Merlín, tengo ciertos poderes".

Y se puso en camino hacia el lugar del bosque donde suponía que lo podía encontrar. Y, efectivamente, allí estaba Merlín esperándolo en su torre. Y le dijo Taliesin a Merlín con aire de presunción mientras llegaba:

"Vengo recordando toda la infinidad de peces que existen en este mundo, sus especies, sus modos de vida, sus virtudes. Me viene la inspiración de los cuatro elementos y las tres partes en las que se divide el Universo. Ya sabes: el cielo, la tierra y los infiernos".

"¿Y todo eso desde el castillo hasta aquí?", dijo Merlín divertido.

"La mente es rápida", respondió Taliesin.

"La mía es más lenta y sí, está recordando la historia de los caudillos britanos, entre los que destaca el genial Arturo, que fue llevado a la Isla de las Manzanas para descansar. Y allí fue cuidado por la reina Morgana". En ese momento entró un Mensajero apurado, que dijo:.

"Majestad, vengo a daros una noticia de máxima importancia".

"¡Habla!", contestó Merlín.

"¡Comienza!", añadió Taliesin.

"Una nueva fuente brotó en el valle. Ésta es el agua que de allí sale".

"Cristalina. Dame", dijo Merlín cogiendo la copa.

"El agua se derramó", dijo el mensajero viendo que el vaso se había desequilibrado y el agua contenida en ella había sido vertida cayendo al suelo,

"Está deliciosa", dijo Taliesin, que había podido coger una poca en sus manos.

"Pues vamos allá", dijo Merlín. Y allá fueron todos a ver la nueva fuente, donde había brotado y a probar el agua que de ella salía y que según Taliesin era deliciosa. No tardaron mucho en llegar, pues la fuente se encontraba en un terreno cercano a aquel en el que en ese momento se hallaban. Cuando llegaron vieron el agua brotar del suelo. Era un agua límpida, cristalina, que salía sin sombra de suciedad entre todas aquellas peñas. Se quedaron todos mirando como embobados.

"Ahí está el agua de la fuente", dijo el mensajero.

"Mira que pura y transparente mana", añadió Taliesin, "formando un río que aquí comienza".

"Déjame ver", dijo Merlín inclinándose y cogiendo agua en las manos. Y añadió: "Que rica". No bien había acabado de beber Merlín cuando Taliesin acercó su mano al agua, cogió en la palma de su mano y bebió también de la fuente "¡Qué buena!", dijo. Entonces Merlín se echó las manos a su cabello y se frotó los ojos y dijo:

" Mi cabeza. Parece que recobró su vigor, su relajación y tranquilidad".

"¿Te encuentras bien?", inquirió curioso Taliesin.

"Mucho mejor", contestó Merlín. "¡Diablos! ¿Qué he hecho? ¿Cómo pude estar viviendo entre animales todo este tiempo? Me ensucié, me volví salvaje, pero ahora vuelvo a ser el de antes. Sólo que no perdí esos dones que conseguí. Gracias a los cielos. El agua de esta fuente es buena y curativa.

"Ya sabes que el Creador dotó a toda la Naturaleza de virtudes particulares. Ésta te sanó, pero hay otras muchas con diferentes poderes", dijo Taliesisn sermoneándole.

Un poco después en la villa de donde era señor Rodarco dos ciudadanos hablaban en medio de la plaza de la villa. Y le decía el uno al otro

"¿Ya sabes lo que ocurrió?"

"¿El que?".

"Nació una nueva fuente en el bosque".

"¿Y?"

"Dicen que tiene poderes curativos".

"¿Qué tipo de dolencias cura?"

"Parece que sanó a un loco".

"¿A quién?"

"A nuestro rey, que después de la batalla de Peredur contra los...ahora no me acuerdo, perdió la razón"

"Era un buen rey. Vamos a pedirle que vuelva al gobierno".

En el bosque Merlín y Taliesin hablaban y decía el segundo

"Mira, Merlín, compañero. Vienen hacia aquí una multitud de hombres".

"¿Qué desearán?", dijo Merlín interesado.

" Ahora lo sabremos".

Cuando estaban acabando de decir estas palabras llegaron los ciudadanos. Era una gran multitud de ellos, hombres y mujeres de todas las clases sociales, desde los agricultores hasta los nobles pasando por los ganadero, panaderos, lecheros, herreros y verduleros. Cuando llegaron a donde se encontraban Merlín y Taliesin uno salió de la multitud y dijo:

"Majestad, el reino está perdido sin ley ninguna. El regente no sabe lo que se debe hacer. Deberíais de volver a reinar".

"Mis años ya son muchos", contestó Merlín. "He visto nacer, crecer y morir muchas de las criaturas el bosque y ya voy viejo. Designaré un de entre vosotros para que herede mi trono y gobierne.

"Mirad al cielo. Grullas", dijo un noble.

"Lo hicimos bien", añadió Merlín.

En este momento junto a la fuente en la que se hallaban llegó un loco que hablaba en voz muy alta diciendo cosas que nadie entendía y haciendo gestos incomprensibles y exagerados con sus manos. Iba el loco de un lado para otro como defeendiendo un puente, una carretera, un castillo o algun otro lugar y decía fervientemente:

No pasarán por aquí. No me quitarán a mi novia. Una moneda, por favor. Den de comer a un pobre hombre que nada tiene. Mi casa es mía. Nadie entrará en mi casa sin o mi permiso".

"Siéntate con nosotros, loco", dijo un noble.

"No te preocupes, loco. No entraremos en tu casa", añadió un segundo.

"No nos interesa", concluyó el primero.

"No os riáis de él", dijo Merlín. "Es un fiero guerrero que luchó con los nuestros y derrotó a muchos enemigos hasta que un día reunidos con él y una docena más de hombres llegamos con hambre a un manzano. Repartí las manzanas que había en él y me quedé sin ellas. De repente todos perderon la razón menos yo que no había comido de aquellos frutos.

A lo que el loco reaccionó agitándose, como si el fruto del manzano fuera veneno para él.

"Manzanas, fruto maldito", dijo. "No quiero. Que me hacen daño".

"Parece que reaccionó fieramente al nombre de la fruta del pecado", dijo uno de los nobles.

"Tuve mucha suerte de salir de allí sano y con la cabeza en su sitio", continuó Merlín, "pues unos días después llegó a mi un hombre que me contó que aquel campo de manzanos lo había plantado una mujer a quien amé durante muchos años, pero un día las cosas cambiaron. Nuestro amor se acabó. Desde entonces comenzó a planear su venganza. No dejó un día sin intentar hacerme daño, de todos los modos posibles: me mandó comidas envenenadas, intentó incendiarme la casa, quitarme el sueño, robar en mi casa y, por supuesto, hacerme enloquecer". Y después de este discurso cogió Merlín un cuenco de agua, lo llenó y se lo ofreció al loco diciendo: "Bebe, amigo, bebe".

"Dios mío, ¿Qué me ocurrió? ¿Qué hago yo aquí?", dijo el loco. "Lo último que recuerdo es que comí de unas manzanas y después...todo es negro para mi. La oscuridad más absoluta cayó sobre mis sentidos. Merlín, ¿Y tú? ¿Me diste de ese agua? Ya me acuerdo. Yo soy Maeldin, guerrero y mago...ahora viviré aquí, en la espesura junto contigo.

"También yo habitaré en la selva", añadió Taliesin. "Y vosotros, nobles, adiós. Volved a la ciudad, que es vuestro lugar".

"Yo también me quedaré", añadió Ganieda

"Y ahora vamos a dormir, que ya llega la noche", dijo Merlín para finalizar. Y unos días después y asesorada por su hermano Ganieda comenzó a escribir esta historia, la cual remató para que quedase constancia.

ACERCA DEL AUTOR

Javier Fernández Esteller

naciño en A Coruña el año 1960. Estudió Fi-
lología Inglesa en la Universidad de San-
tiago de Compostela, donde se licenció.
posteriormente se doctoró en la Unversi-
dade de A Coruña.

www.ingramcontent.com/pod-product-compliance
Lightning Source LLC
Chambersburg PA
CBHW071446130726
47997CB00006B/2256